スカートをはいた猫

——古谷清刀　短編集——

Sayato Furutani

溪水社

『スカートをはいた猫――古谷清刀 短編集』

目次

挿絵・鼓 桃子

スカートをはいた猫

——古谷清刀　短編集——

スカートをはいた猫
momo.

昔、粉屋が死んで三人の息子たちが遺産を相続した。遺産と言っても、亡父は吝嗇《りんしょく》のわりにそれほど貯め込んでもいなかったから、分ける物も決して多くはなかった。長男は水車つきの母屋を、次男は納屋と一頭のロバを、三男は納屋の裏手の、雨露をしのぐことさえままなろうかと危ぶまれる朽ちかけた差掛小屋《さしかけごや》と一匹の猫を、それぞれ受け継ぐことになった。

さてこの猫は、Sさん（匿名希望）という独身の雌猫で、目から鼻へ抜けるように賢い。いろいろな才芸を身につけていたが、就中《なかんづく》、狩猟に秀で、粉屋の親爺《おやじ》が生きていたころは、納屋のネズミ捕りをして国一番の辣腕《らつわん》ぶりを発揮し、重宝がられていた。生まれてこの方十六年、家計の足しになるようなことは何一つせず、無為徒食を絵に描いたような人生を送ってきた末息子などよりも、ずっと家人の尊敬を集めていた。

財産分与の話し合いの時も、総領、次男共にSさんの待遇を変える気はさらさらなく、これまでどおりネズミに睨みをきかせてくれるならば、納屋も母屋も気ままに出入り御免にして、冬季は炉辺の敷物の上でぬくぬくくつろいでいてもらえばよいと思っていた。ところが、Sさん自身がそのような結構な申し出を丁重に辞退したのである。

「せっかくですが、あたしは裏の差掛小屋へ移って弟《おと》ん坊《ぼ》さんの面倒を見ることにいたします」

と言って。

「あなたがた年長組は、才覚もあり、体も丈夫で、ふたり力を合わせれば、他人に頼らずとも立派に身すぎ世すぎができましょう。だけど、あのひとは」

と、庭の梨の木にもたれてどこか空虚《うつろ》な微笑みを浮かべ、何事か口ずさんでいる末っ子を白い前足《ポー》で指しながら、

「あの年齢《とし》になってもなんの芸も能もなく、学問も畑仕事も事務職も長続きしたためしがない。毎日ああやってヘタクソな詩を作って、いもしない恋人に捧げるのが日課とあっては、堅気の仕事はとても無理です。亡きご主人の奥様が、旦那さんの吝嗇ぶりに愛想をつかして出てゆかれる時、あとを頼むとあたしに言い置いていらっしゃいました。くれぐれも坊ちゃんがたの、とりわけ末っ子さんの将来を頼みます、と。あたしは老旦那には特に世話になった覚えもないが、奥様にはずいぶんかわいがっていただいたんで、弟さんとは、小さいころからせいぜい耳やシッポを引っ張られるぐらいの親しからぬ関係でしかないのだけど、まあなんとか、ひとかどのモノになる目処《めど》がつくまではお世話してみましょう」

「でもおまえ、Sさん」

と、長男が言った。

「おまえの心ばえはまことに健気だが、所詮ムダなご奉公ではないか？　あんな無芸大食のアマチュア詩人に何ができるっていうのだ？　堅気の仕事は無理だって、今おまえさんが自分で言ったばかしじゃないか」

「そうだそうだ!」

と次男も加わる。

「あいつがひとかどの人物になるより、ブタに羽が生えて空を飛ぶ方がまだしも易しいぞ。Sさん、まあ悪いことは言わんから、おれたちといっしょに暮らしなさいよ。そして今までどおり、ネズミを捕っておくれよ」

「ネズミ捕りの後任は、探して斡旋いたします」

やり手の有能猫をなんとか引き留めようと、あったかいミルクだの笹身《ささみ》の蒸し焼きだのカスタード・クリームだのと矢継早《やつぎばや》にまくし立てる二人の兄を尻目に、Sさんはスタスタと粉屋の家を出て、地主様のお邸へ向かった。

生垣の破れ穴から入って池のほとりの四阿《あずまや》で待ち構えていると、やがてキッパリした白黒染め分けの、折り目正しい大礼服を着込んだような出で立ちの大猫が、悠揚迫らざる歩様《あしどり》で芝生を横切って来た。これはお邸のペットの中でも一番古株の権威ある長老猫で、Sさんのお父さんである。邸内では何不自由のない、下へも置かぬ飼われ方をしているのだが、若いころは時々外出して月夜のアヴァンチュールを楽しみ、そのせいで、村のそこかしこに、よく似た白黒ブチの子孫が見受けられた。粉屋のおかみさんに拾われたSさんも、その中の一匹であった。

「お父さん、お久しぶりです。本日はお毛づやもよく」

Sさんが四阿から出て几帳面《きちょうめん》に挨拶すると、お父さんはゴロゴロと再会を喜んだ。

「おまえも丸々肥えて、元気そうで何よりじゃ。きょうはどうした？　いっしょに金魚釣りでもするかね？」

父子《おやこ》は池の端《はた》に尻を並べて、長さも形も瓜二つのシッポを静かに水に垂らした。魚が好奇心に駆られて寄ってくるのを待ちながら、Sさんは用件を話した。

「実はこのたび粉屋の急逝により、あたしの生活環境も激変したのです。家出した女主人との約束で、凡庸な未成年男子をひとり養育しなければなりませんので、今までの仕事が続けられなくなりました」

「それは残念だの。おまえのようにプロ意識の強いキャリア志向の猫《ウーニャン》も珍しいと思うておったに」

「まあ、幼稚園へ転職したとでも思ってがんばります。でも、せっかくこれまで、子ネズミ一匹寄せつけずに守ってきた穀物倉が、ムザムザ害獣の巣になるかと思うとやはりつらいので、お父さん、優雅な引退生活を満喫しておられるところ悪いけど、週に二、三回粉屋へ出かけて、ネズ公どもをおどかしていただけませんか？　猫のにおいがしたり、抜け毛や抜けヒゲを落としておくだけでも、だいぶおまじないになると思うんです」

お父さんはSさんとはたった二オちがいだから、どうしてまだよぼけ猫というほどでもない。最近、運動不足を気にしていた矢先でもあり、二つ返事で引き受けてくれた。Sさんはホッとした。その時、尾先をツンツンとつつく魚の気配を察し、電光石火くるりとひるがえって利《き》き手で水面をはたき、鮮やかなすくい上げで宙に躍った獲物を一跳びでパックリくわえ込んだ。

「いや、あっぱれあっぱれ！」

わが子の妙技に感心したお父さんは、白手袋のポーを打ち合わせて親馬鹿らしく悦に入った。

Sさんは、ネズミ捕りの後任が決まりましたからと長兄に報告して、斡旋料を支払わせた。そのお金でもって、村の小間物屋であれこれ買物をした。戻ってみれば末の弟は相変わらず梨の木の根方にいて、しかし今は昼寝をしていた。大口あいて高いびきの間延びした姿を見て、Sさんは「ム

ダなご奉公」という的を射て余りある表現を思い出し、双肩がずっしりと重るのを感じたが、どうせダメもとだからと強《し》いて気楽に構えることにした。

新しい主人の鼻や額《デコ》にポーを押しつけて起こそうとしてみたが、そんなことではきかないので、業を煮やして腹に飛び乗った。

「ちょいと、若旦那！」

と、Sさんはいかめしく迫った。

「これからは、あたしの言うとおりにしてもらいます。あなたのようなひとは、自営業にも公務員にもマッタク向きません。集中力や辛抱がないから農林水産業はとうていダメです。従って、生き残る道はただ一つ。〈持てる者〉の財産を食いつぶしながらせいぜい善行を積んで、社会にとって有益な人物になれないのだったら、せめて泥棒や人殺しや弱い者いじめをせず、親切で礼儀正しい若者になって、他人に迷惑をかけない無害な存在の面目を世に示すのです」

「持てる者と言ったって、父さんはもう死んでしまったし、兄さんたちにしろそんなに余裕があるわけじゃないから、これ以上世話にはなれないよ」

「わかってます。汗水たらして働く実誼《じつぎ》な勤労者の身代を食いつぶせなんて言うのじゃありません。世襲財産と不労所得で汗一つかかずに贅沢をしている富裕な有閑階級を狙って逆玉《ぎゃくタマ》輿に乗るのです」

「そんな階級がこの国にあるの？　一体、どこのだれ？」

「王様です」


Ｓさんは小間物屋で買ったハンカチやボールペンを進物用の籠に小ぎれいに詰め合わせてリボンをかけ、森の奥に住む魔法使いを訪問した。玄関扉をノックしてもなかなか応答がないので、籠のなかみを一つ一つ取り出して靴拭きの上にとり散らかし、**にゃおう《たのもう》！**と大声で鳴いてみた。

脇窓のカーテンがあいて魔法使いがうるさげに外をのぞいた。カラフルなおみやげが散らばっているのを見て、ようやく戸をあけてくれた。

「なんだね、こんな真夜中に人を訪ねるなんて」

午前十一時である。

「すみません。しかし火急の用件ですので」

「とにかく、お入り」

新鮮な牛乳の接待を受けながら、Ｓさんは簡潔に事情を説明した。これこれしかじかで、どちらかと言えばボンクラなティーンエイジャーを王様の娘婿に取らせる所存である。この使命をやりおおせたら、お父さんといっしょに地主様のお邸に飼われ、猫好きの奥様やお嬢様にかわいがられて上げ膳据え膳で暮らすという将来設計が立っているから、なるべく手っ取り早くすませたいと思う。そこで古なじみのあなたに少々お知恵を拝借したく、寸志持参でまかり越した次第。

「ボンクラなティーンエイジャーって、どんな？」

「ほら、あの、黄色い巻き毛を肩までたらした粉屋の坊々《ボンボン》です。色白でなで肩で歩きぶりがナヨナヨとして、覇気《はき》のないことおびただしい」

「森の木陰や河の岸辺でよく竪笛《リコーダー》なんか吹いている、あれかい？」

「その、あれです」

「ヘタの横好きってあのことだ。あの笛が始まると、ここらの動物はみんな辟易《へきえき》して、小鳥も魚も寄りつかなくなるんだ。お城へかたづいてくれたら騒音公害も解消で、付近の住民はさぞせいせいするこったろう。よろしい。協力するよ」

「さしあたり、このように進めようかと考えているのですが――」

賢いSさんと魔法使いは、額を集めて今後の作戦を練った。

Sさんの命令で、末息子は毎日、魔法使いのもとへ弓馬剣術《きゅうばけんじゅつ》の稽古に通うことになった。午前中いっぱいたゆまずレッスンした後、昼休みをはさんで午後は自由七科《リベラルアーツ》の講義を受ける。マンツーマンの個人指導なので怠けるすきもなく、それほど精励したわけでもないのに上達してしまった。武芸の腕が上がるにつれて体もまた鍛えられ、細身なりに筋骨充実したアスレチックな外観になった。

頭脳《あたま》の方も、最初は何を習っても直ちに右から左へ抜けるほど風通しがよかったのが、どこかで間仕切りができたとみえ、徐々に知識が蓄積されて意味をなすようになってきた。Sさんがやかましく注意してやったおかげで、開《あ》け放しがちだった口もきりりと引き結んでいる方が普通となり、バサバサともつれ乱れるままにしていた髪にも櫛《くし》を入れて束ね、すっきり締まった顎《あご》の線や形よい耳をあらわにして、実際よりも利発な印象を与えた。

末息子の尻を叩いて文武両道に専心させるかたわら、Sさんは袋をかついで森へ罠猟に出かけていた。王様は野禽《やきん》料理がお好みで、とりわけ山鶉《やまうずら》のマスカット添えが大好物だと知っていたのだ。お酒に浸した穀粒を撒いてトリをおびき寄せ、たらふく食ってフラフラになったやつをかたっぱしから袋へはたき込み、カラバ公爵からの贈物ですと言ってお城へ献上した。お城へ行く時は、はき慣れぬスカートをはき、ボンネットをかぶって盛装してゆくので、間もなく城中の評判になった。

ある日、いつものように贈物を届けての帰り、王様の一人娘のお姫様がばら園の方へそぞろ歩いて行かれるのを見かけたので、先回りして待ち伏せ、ブッシュ仕立ての赤いばらの陰から二本足でヨロヨロと立ち歩いて現れ、スカートの裾を踏んづけたふりをしてバッタリ倒れた。心優しいお姫様は、すぐに駆け寄って介抱して下さった。

「あらあら、猫ちゃん！　かわいそうに、いたかったでしょう?」

Ｓさんは、自分の声とも思われぬ高調子でみゃあみゃあと鳴いてみせ、

「あたち、あたち、お鼻を打《ぶ》つけちったの」

なぞと甘ったれて、お姫様をすっかり籠絡《ろうらく》してしまった。

「かわいいおぼうしね。どなたが作って下さったの?」

「カラバ公ちゃくちゃま」

「それじゃ、この素敵なピンクのドレスは?」

「カラバ公ちゃくちゃま」

「まあ、そうなの！　とっても手先の器用なお方なのね」

「あい」

裁縫《さいほう》のほかにもこういうことができる、ああいうことが達者だとさんざん仲人口《なこうどぐち》をきいて末息子を売り込んだ甲斐あって、お姫様の心の中には、武芸百般家事手伝いに優れたうるわしい万能の王子《プリンス》の姿が次第に形を整え、Sさんの巧みな暗示どおりに具体化していった。

「いつかお目にかかれるかしら……」

夢見ごこちに呟くお姫様に、

「あたち、うかがってみまちゅ」

と気を持たせるようなことを言って、花びらのようなスカートの端をちょっとつまんでお辞儀をすると、Sさんは *pas de chat*《パ・ド・シャ》も軽やかにホクホクと家路についた。


Sさんは城住みの動物にスパイ教育を施して手先《キャッツポー》に使い、王様やお姫様の動静を逐一報告させていた。遠乗りにでもお出ましになることがあれば直ちに知らせよと通達を出しておいたのが、ある日報われた。伝書鳩が「本日お出かけ」の急報を持って舞い込んだのだ。

「さあ、グズグズしちゃいられませんよ！」

と末息子をせきたて、問答無用で湖水へ泳ぎに行かせた。よしと言うまで水から上がるなと言いつけて念のため衣服を猫ババして埋め、上がりたくても上がれぬようにした。

これが男性監督だったら、百姓を集め一揆《いっき》を起こし、村も城も焼き払って乱暴狼藉《ろうぜき》の果てに国を乗っ取るなど、埒《らち》もないスペクタクルの構想を練るかもしれないが、あたしは雌猫なので女流ならではの、重箱の隅をつつくような細やかな視点から台本作《シナリオ》りをして、極力無血で大望を遂げるのだ、と決意を新たにしていた。

ところで、末息子の大恩人の魔法使いは世界一周旅行に出かけていた。留守中の領地の管理はSさんに一任されていた。この差配《さはい》というか地頭の立場を最大限に活用するつもりのSさんは、王室馬車の通過予定地を一足先に駆け巡って行きあう小作人に言うべき台詞《せりふ》を教え、様々な演出をしておいた。

やがて金銀宝玉の紋章入りのお馬車が魔法使いの地所にさしかかった。王様は大草原で草刈りをしている人夫らに尋ねて曰く、

「このみごとな草原はだれのものじゃ？」

「カラバ公爵様のものでござります る」

草刈り人たちは打ち合わせどおりに口をそろえる。彼らは魔法使いの本名を知らなかっ

たので、これまでは雇主の名をきかれても「ぞんじません」とか「あの偉いお方」などと言うほかはなかったのに、猫に教えられて初めて答えるべき名前がわかったものだから、喜んだ。それで、質問が来るや、待ってましたとばかり一斉に気を合わせて「カラバ公爵様！」と熱唱したわけである。広大な麦畑でも、千頭の馬を楽々と養えそうな牧場でも、雉《きじ》のひしめく猟場でも、同じ大ボラが判で押したように繰り返されて王様を感心させた。

馬車はそしてついに湖畔の道に乗り入れる。行く手に躍り出たSさんは、いつぞやの舌足らずのブリ猫ではなく、滑舌《かつぜつ》もさわやかに滔々《とうとう》と弁じ立てた。

「アイヤ、しばらく！　やんごとなきお方様のお車をお止め申すはまことに苦しき業《わざ》なれど、しばらく！　わが主人カラバ公爵が、一朝事《いっちょう》あらば真っ先にお掘を泳ぎ渡って国王陛下と王女殿下をお救いいたさんとて、この湖で水練の修行を積んでおりましたところ、どこぞの不心得者に立派なお召物《めし》をことごとく盗まれましてございます。何とぞ哀れと思し召してお助け下さりませ」

王様は猫の口上を正しく聞き取って頼もしく、王女は自分のために「睡蓮《スイレン》を摘んで」と聞き違えていとしく思った。そして、父君の家来に助けられて上陸した水もしたたる若者を、生まれて初めてルーブル美術館へ見学に行った女学生の気持ちでつくづくと眺めていられたが、見学対象がひたすら赤面してもじつくのでこれはと思い当たり、王様にお願いして、お城まで早馬で着替えを取りにやらせた。しかしどうしても往復一時間はかかるので、しかたなくお供の一行の中から背格好が似たりよったりの騎士を選んで着物を脱がせ、一時しのぎですがと断りつつ公爵に着せた。身ぐるみはがれた騎士には、着替えが届くまで湖に浸《つ》かっていよと申し渡して三人と一匹で馬車に乗り込み、先へ進んだ。魔法使いの別荘の豪邸には、あらかじめ周到に宴会の準備を整えてあったのだが、そこへ到着するまでには、婚約、結納、挙式、新婚旅行、家族計画などの話が、Sさんと王様の間でトントン拍子にまとまっていた。（うら若いカップルは、ひたすらほのぼのと見とれあっていた。）

かくしてSさんのスパルタ紳士教育は実を結び、美しき水車小屋の息子はめでたくお姫様と華燭《かしょく》の典を挙げた。猫殿もぜひ城へ引っ越しておいでなさいと王様おんみずから同居を勧められたが、Sさんは、『夫婦ゲンカは犬も食わない、おしどり夫婦は猫も食わない』と申しますから、と勝手に諺《ことわざ》を作ってこじつけ、かねての計画どおり地主様のお邸へ転居してしまった。だが、年に数回はお城の晩餐会に招かれ、王様と同じテーブルについて風味絶佳の野禽《ジビエ》料理に舌鼓を打った。そしてそんな折には、若夫婦を楽しませるために、うっとうしいボンネットをかぶり、歩きにくいスカートをはいて絵日傘《パラソル》をさし、あくまでもしとやかな小股《こまた》歩きで、よちよちと出かけてゆくのだった。

青撫子《あおなでしこ》
mo.

昔、風呂と魔法をつかうことの何より好きな王様があった。趣味を完《まっと》うするためなら、金でも暇でもお湯でも際限なく注《つ》ぎ込んだ。風呂の方は、世界中からあらゆる石鹸《せっけん》と入浴剤と香料を取り寄せ、毎朝毎晩、違った色と香りのお湯にひたるのを楽しみにしていた。魔法に関しては、忌憚《きたん》なく述べると、ヘタの横好きであった。呪文のレパートリーがせまく、かかりも遅い。長年稽古して、ようやく宴会の余興に出せるくらいまでに修得できたのは、わずか二種類の術だけである。一つは人間を花に変えること。（ただし、何の花になるかは予測できない。）もう一つは、花を人間に戻すこと。（寸分たがわず復元できるとは限らない。）

恐ろしく寒い冬のあと、王室庭園には花が一輪も咲かない年があった。年寄りの園丁があんまり嘆くので、王様は、ここはひとつ、わしが一肌脱がねば、と思った。世界中からあらゆるお姫様を招いて大舞踏会を催した。お客の中から更に十二人の美しいひとを選りすぐって一列に並ばせ、その前を行きつ戻りつ、ものやわらかに尋ねてみた。

「あなた、花になってわたしの庭へいっしょに来たいですか？」

「はい、どうぞ」

というのが、全員の答えであった。

王様は列の先頭に立つお姫様の顔をまじまじ見ながら、心の中で〈花ニナレ〉と念じた。王

一番目のお姫様は、花弁に黒い縁取りのある、ショッキング・ピンクの牡丹《ぼたん》に変じた。

様はこの色が嫌いなので、うっちゃって次に進んだ。二番目のお姫様の前で〈花ニナレ〉と願うと、この人はキンセンカになった。王様は橙《ダイダイ》色も気にくわなかった。三番目のお姫様はイヌフグリになったので、どこに咲いているのかわからなくなった。四番目のお姫様はキャベツになった。八番目くらいになると王様はいいかげん飽きがきて、惰性で呪文を繰り返すだけだった。〈花ニナレ、花ニナレ、花ニナレ、花ニナレ……〉十二番目のお姫様が花ざかりのヘクソカズラに転身したのに、王様はまだ〈花ニナレ〉をやっていた。

さて、末席に控えていたのは、十二番目のお姫様付きのお小姓である。四隅に銀の房飾りをあしらった白繻子《しろじゅす》のクッションを捧げ、女主人がもよおして来られた時に備えて慎ましく跪《ひざまず》いていた。王様が、ろくに見もしないで決まり文句を念じると、お小姓はたちち、ひともとのなでしこになった。青いお仕着せを着用していたためか、薄々とした葩《はなびら》は、夜明けの空や水の色をしていた。この青なでしこが、夏雲の断片《ひら》でこしらえたような白地の上に憩《やす》らっているところは、いかにも優しい清らかな光景《けしき》であった。甚《いた》く王様の御心に適《かな》った。王様はクッションごと取り上げて自室に持ち帰り、水を入れた切子硝子《きりこガラス》の罎《びん》に差した。(あとの花々は園丁が喜んで集めていった。)そして上機嫌で一風呂浴びに湯殿へ移った。

王様の留守に、一人息子の王子様が来た。珍しい青い花を見つけて喜び、お母様に見せたくて、罎をそっと持ち出した。お母様は若死になすってお墓の下である。だから、花をご覧に入れるには、明日《みょうにち》お墓まで持って行ってあげなくてはならない。王子は青なでしこを自分の寝室の枕辺に置いて就寝《やす》むことにした。王様は、楽しい入浴中に、花のことをすっかり失念してしまった。部屋に戻り、花だけが消えていたのならば、あるいは異状を感知したかもしれないが、壜ごとなくなっていたので、全然気がつかなかった。

王子の名づけ親は、王様に道楽の手ほどきをした魔法使いだった。洗礼式の時に王子はこの人から、心に願うことが何でもかなうようにという祝福を授かっていた。ただし、一日に二回までという制限つきである。願い事が定数に達してしまえば、あとは自力で世渡りをしていかなければならない。王子は深く考えもしないで願ってしまうことが多く、十二才の今日まで、ずいぶん下らない願い事でもって、この霊力を浪費してきた。時には小細工を弄することもあった。たとえば、(きょうの夕ごはんのデザートに、さくらんぼが出るといいなあ)と願う代わりに、(デザートに、さくらんぼと、アイスクリームと、チヨコレートムースと、ピーチパイが出るといいなあ)と並列接続詞を濫用するのである。これを試して、効き目のあることがわかった時は、大満足を覚えた。しかし、同じ策略を用いて(デザートに、さくらんぼと小馬《ポニー》と兵隊とローラースケートが出るといいなあ)と願った折には、魔法はなぜか機能せず、虻蜂《あぶはち》取らずに終わるのであった。

お墓参りは雨天中止になった。王子はしとしと降りの葉浅《はも》れの雨に目覚め、寝返りを打つと、瞠《みひら》いた優しい瞳のように見守っている青なでしこの花に出会った。明日まで枯れないでおいで、と花にキスしてから、王子は杜撰《ずさん》にきょう一日の計画を立てた。遠乗りには行けない。弓の練習もできない。広間でフットボールでもしようかと考えたが、やめた。家庭教師につかまって、余分に勉強させられる危険があったからだ。宿題が二週間分たまっていた。王子は、不精な独身男《ひとりもの》が洗濯物をため込むように、宿題をためにためて、いやな仕事を先へ先へと延ばした。穴だらけのパンツの如く遺漏の多い言い訳が尽き、怠慢をおおい隠す口実が何一つ残ってないという段になって、やっとこさ机に向かうのであった。

王子は料理番にねだってバタつきパンとハムと林檎酒《シードル》をせしめ、ジグソーパズルを持って召使いの蒲団部屋《ふとんべや》に立てこもった。家庭教師はこんな所まで捜しには来ない。ところが夕方になり、晩餐のために大広間へ降りて行くと、件《くだん》の先生がにこやかに一礼して言う。

「ああ殿下、ようやくみこしを上げて下されましたな!」

「みこし?」

「いや、嬉しゅうございまする。しかも、幾何、代数、ラテン語、修辞学、物理学、天文学、化学、神学、非の打ちどころのない模範解答を以て、あまねく最高点をおとりになりました。長年お教えいたしてまいりましたわたくしめの人知れぬ努力が、ここにようやく絢爛《けんらん》と花実を結び――」

「宿題のこと、言ってるんですか？」

「まことにさようで」

「満点だったんですか？」

「まことに、まことに」

　喜色満面の家庭教師に、腰元の一人が笑いかけた。殿下はお頭《つむ》ばかりでなく、お行儀にも磨きをかけようとご決心あそばしたらしい、今朝方お寝間の整頓にまかり出てみると、寝台の掛布はシワ一つなくぴっしりたくし込まれているし、スリッパは暖炉の前にきちんと揃えてある、こんなことは前代未聞です、と囁いた。この腰元は耳が遠かったから、自分の音量調節のできない彼女の囁きは広間中に喧伝《けんでん》された。

　王子はこの不思議の原因を、ぜひとも探ってみようと決意した。次の朝、また青い花にキスをした後、いつものようにベッドはくしゃくしゃ、スリッパは部屋のあっちとこっちへ脱ぎ飛ばしたなり、着替えをすませて寝室を出た――ふりをして、次の間との境の帳《とばり》の陰に身を隠した。しばらくは何事も起こらなかった。やがて、枕元の、花瓶《かびん》のあるあたりの空気がジーンと鳴り響《とよ》み、七重《ななえ》の虹の輪に包まれたように見る見る明るくなり、王子は眩しさのあまり思わず目をつむった。目をあけてみると、墁の中になでしこの姿はなく、いつの間に現われたのか、水色絹のお仕着せを着た男の子が、花でも摘むように優雅《みやび》な身ごなしで、脱ぎ飛ばしたスリッパの片方を拾い上げるのが見えた。

王子はそれほど馬鹿でもなかったから、この少年と青なでしこが同一物であろうことは察しがついた。帳からちょっと顔を出して、エヘン、と咳払いをした。驚いて振り返った男の子の顔は、いかにも清純《きよ》く、優しく、甚《いた》く王子の心に適った。握手しようと一歩進み出ると、男の子はスリッパを取り落とし、またなでしこになってすらりと壜に浸《つ》かった。

王子はとっさに、〈人間ニナレ!〉と願った。再び少年が出現した。そして言うことには、これで彼はもう、自分の気ままに花になったり人になったりすることはできなくなった、これからは王子が彼の主君である、彼をなでしこにするのも草履《ぞうり》取りにするのも王子の胸一つ、御心《みこころ》に潔くわが運命《さだめ》をゆだねましょう、云々。

「それでは僕、これから毎日、昼間は君を人間にして、夜にはまた花に返してあげるよ」

と、王子は言った。夜は花の姿で眠る方が美《よ》い夢をみられるのではないかと、気をまわしたのである。なでしこ少年は、この申し出をありがたく受諾した。

「わたしのことは、〈常夏《とこなつ》〉とお呼び下さい」

「柑橘類《かんきつるい》みたいだなあ……」

「いえいえ、ちゃんとした花の名前です」

「じゃあ、とこなつ。君、どうして花になってたの?」

「王子様のお父様が、わたしを花に変えられたのです」

「宿題を全部やってくれたの、君?」

「僭越ながら──」

「僭越なもんか。おかげで、生まれて初めて満点もらったよ」

「お役に立ててよろしゅうございました」

「何か欲しいものある? お礼がしたいんだ」

「とんでもない」

「水のほか、何を食べて生きてるの?」

〈常夏〉は駒鳥のように首をかしげた。そして、愛するひとのキスでしょうか、と静かに答えた。

「でも、キスにはちっとも栄養がないよ。少なくとも、僕のお父様はそういう意見だ。『キスにビタミンやミネラルやカルシウムが豊富に含有されていれば、妃の命も取りとめたものを』と言ってる。妃って僕のお母様のことだよ、もちろん」

「愛はビタミン剤より体にいいんです。あなたはわたしのこと、好きですか?」

「うん」

「それがほんとうなら、わたしはあなたのキスだけで充分生きてゆけると思いますね。試してみます?」

王子は試してみた。すると、青衣の少年の双眸《ひとみ》は、いっそう青みを増し、唇は蜜をたたえる花のように薫り、白い頬が薄紗でおおったランプのようにほのかに明るんだので、なるほど本当かなと思った。とはいえキス一個あたりの栄養価については心もとなかったので、かよわい花であった少年を枯らしてはいけないと思って、たくさん与えておいた。

「これでたぶん、十五時間くらいはもつと思うんだけど」

「ありがとう。あしたの朝、また補給して下さいね」

王子が頼まれて願うと、少年は青いなでしこに戻った。

お妃様は、生前、閉所恐怖症の気味があった。それで、臨終の床から、王家の納骨堂でなく戸外に埋めて下さいと夫に懇願した。王様は、広野を見晴らす丘の頂に妻の亡骸《なきがら》を埋葬した。清爽《すが》しい風と四季折々の景観に恵まれ、手近には筆洗いの泉までが湧《わ》き上がる、写生《スケッチ》に持ってこいの場所であった。

王子は青なでしこを帽子に差し、ただ一騎、丘へ出かけた。お母様の墓石は、南国より切り出した高価な白大理石だ。午下《ひるさ》がりの少し傾いた日差しがこれを照らすと、冷たい滑石《なめいし》の面に、薄氷《うすらい》の下のひそかな流れのような、あるかなきかの銀鼠《ぎんねず》色の雲刷《くもずり》が浮き上がる。王子はこれを見たさに、いつも大体その時刻に丘へ到着すべく馬を進めるのだった。

お墓の周囲には、みずみずしい芝草が緑毛氈《あおもうせん》を伸べていた。空気は麓《ふもと》より遥かに澄み渡り、強い光の風味がある。白い安息所を守護《まも》るように、薫り高い白いジャスミンが枝垂《しだ》れ咲き、王子がその下でなでしこを男の子に変えた時、星形の花を鏤《ちりば》めた繁みは驚いてさやさや揺れた。

　高みの風に浄《きよ》められた〈常夏〉は、いっそう冴えざえと、透き通るようであった。もしかこのまま翼《はね》でも生えて飛んでいってしまったら、とにわかに心配になり、王子は彼の青い袖を遠慮がちに捉《とら》えた。

「君、もうずうっと、人間でいたらどう？」

　少年は、口を一条《ひとすじ》に引き結んでかぶりを振った。

「それは……いやです」

「なぜ？」

「ずっと人間でいるなら、いつでもこうしてごいっしょにいることはできなくなります。使用人ですから。寝起きもほかの小姓たちと同じ部屋でしなければなりませんし、お食事時だって、お隣どうしでというわけにはまいりません。花の姿であれば、お袖やお襟元にちょっと飾っていただいて、お伴できます。あなたが黄金のお皿から召し上がるのや、水晶の杯から飲まれるところを、誰に見とがめられることもなく眺めていられます。人間でしたらそうはゆきません。あなたがわたしに特別に目をかけて下さろうものなら、同僚は妬みますし、騎士たちはからかいます。意地悪な連中が、わたしのことを、あることないこと中傷して、あなたは最初のうちこそそんな讒言《ざんげん》に耳を貸さないけれど、いまにだんだん貸すようになります。そしていずれ、ヤツらの執拗《しつこ》い要求に負けて、わたしを火あぶりにしなきゃならなくなるんです」

　王子は感心して手を叩いた。

「ずいぶん長い目でものごとを見られるんだね」

「今の時代のお小姓の人生なんてそんなものです。それに……なんだか、一日に一度は花になった方が、健康にいいような気がするんです」

「そう？　じゃ、それでいいことにしよう。僕、出かけるときは君を帽子に差していくけど、いい？」

「はい」

「雨が降ったら、マントの下に入れてあげるよ」

「はい」

　雨が降ってきた。王子はあわてて天鵞絨《ビロード》のマントを肩からはずし、〈常夏〉

と自分の頭上に不器用に広げながら花の天蓋《てんがい》の蔭に避難した。〈常夏〉は初め遠慮して、マントからはみ出さんばかり淑《しと》やかにうなだれていたが、やがてよく馴れた仔鳩《こばと》のように、王子の腕におとなしく抱かれた。

王子が十四になると、王様は婚約者《いいなずけ》のお姫様を招いてお城に滞在させた。お姫様はたいへん愛らしく上品で、たいへん学識に富んでいた。森羅万象を深遠な哲学的かつ形而上学的見地から展望し、分析と講釈が生きがいであった。王子と差向いで食事をする間、王子と並んで庭園を散歩する間、王子と前後して狩りの馬を走らせる間、一時も舌を休めず、暗愚な——とは、お姫様は決して口に出しはしなかったが——未来の夫のために、ひたすら宇宙の神秘を解き明かさんと努めるのであった。

ある午後、婚約者同士は、王子の居室でお茶を飲んでいた。このひと、こんなにしゃべらなければいいのに、と王子は内々に思った。〈常夏〉みたいに何か花にでもなって、もうちょっと静かにしていればいいのに……

もちろん、願いは聞き届けられた。あっという間もあらばこそ、お姫様のすわっていた椅子の上には、小さな紅ばらの蕾が載っていた。ばらがたいそうきれいで佳《よ》い薫りがしたので、王子は喜んで取り上げた。すると、ばらは、柔らかい棘のありったけを逆立てて、王子の指を突いた。王子の皮膚はばらに劣らず柔和《やさ》しくできていた。刺し傷からたちまち、ばらよりも赤い血が滴《したた》った。王子は痛みに驚き、蠍《さそり》でもつかんだかのように花を放り出した。そしてその上に、何かかぶせておこうと思った。あいにく室内には、茶受けの菓子皿が蝿よけにかぶっていた釣鐘形の硝子蓋《ガラスぶた》以外、適当な物が見当らなかった。王子は仕方なく、ばらにそれをかぶせた。そして青なでしこを少年の姿にして、傷の手当をしてもらった。〈常夏〉はていねいに血をぬぐい取り、薬草をひたした湯で傷を洗い、痛いところに膏薬《こうやく》を貼る代わりに、薄柔らかな唇をしっとり当てておまじないとした。王子は、傷ついた指に奇《めずら》しい宝石でも嵌《は》めてもらったように、気持ちが晴ればれとした。

「ああ、僕、きょうはもう願い事、みんな使っちゃった。あのひとを花にして、君を人間にしたから。とこなつ、君、悪いけど、あしたの朝までそのままでいてくれる?」

「はい、では、おりましょう」

「僕の寝床にいっしょに寝るといいよ」

太陽が昇る前に王子は目を覚ました。部屋の隅々に黎明《しののめ》の冷えが森閑《しず》かに澱《よど》んでいる。かたわらの〈常夏〉はまだ眠っていた。王子がその寝顔に見とれていると、やがてうっとりと目を開いた。

「夜の明けきらないうちに、わたしを花に返して下さい」

王子は切なくなったけれど、約束だから仕方がない。〈常夏〉の、雪のような肩に接吻をして、きれいなでしこになりますようにと願った。と、少年の姿は消え失せ、白い枕の上に可憐な青い花が横たわった。王子は床の彼方の皿蓋方面を懶《ものう》く見遣《みや》った。赤いばらは徹夜で烈火の如く怒っていた。早くお姫様に戻してやらなければ。青なでしこを片手に、嘆息しいしい寝台に胡坐《あぐら》をかいた。いよいよ嚇々《かくかく》として催促するばらを横目に見ながら、心に念じかけた願いの言葉を中途で打ち消した。次になでしこを見つめ、唐突にまったく別な願いをかけだしたところで、及び腰になってこれも白紙に戻した。赤い花、青い花、いや赤い花、でも青い花と優柔不断をのべつ反復しているうちに、陽は高く上がり、いつもと変わりない一日が順調に始まろうとしていた。王子は、廊下をこちらへ近づいて来る足音を聞いた。意を決して固く目を閉じると、願い事を完遂した。

王子の寝所に入ってきたのは王様だった。朝風呂でさっぱりとして、すっかり身なりを整えていた。きょうは、王子を連れて、国境に館を構える伯爵夫人を訪ねることになっている。道のりが長いので早起きするようにと、息子に申し渡してあった。寝室には見たところ誰もいなかった。床の上にガラスの蓋が伏せてあるので何事かと見れば、中身はまったくかわいらしい赤いばらの蕾である。王様は、釦《ボタン》穴《ホール》の飾りにちょうどいいと思って、ばらを拾い上げた。大きな姿見の前で花の効果を試していると、偶然もう一種類の植物が目に止まった。寝台から床へ、豊かな泡のようにこぼれている掛布の裾に、そっと吹き寄せられたようにして、ひともとのなでしこが落ちていた。一つの茎に碧瑠璃《あおるり》と白妙《しろたえ》と二輪の花を咲かせている。王様はそれをも拾って姿見の前に立ち戻り、どちらが気がきいていようかと、ためつすがめつ比べた。やはり、ばらの方がうつりがいいように思われた。それで、青白二色のなでしこは、切子の壜に水を汲み、そこへ差して窓際に置いた。

いくら待っても王子が出て来ないので、王様は、これはきっと、また蒲団部屋にでも潜伏したに違いないと結論した。中年の集いに若い者を連れて行くこともあるまい——王様は肩をすくめ、一人で伯爵夫人を訪問することにした。寝室を出る前に、もういっぺん鏡を見て、ばらの具合を直した。ばらは憤激して棘で思い切り刺したけれど、王様は鹿革の素敵な手袋をはめていたので、痛くも痒くもなかった。

白雪彦

しらゆきひこ

来週はデートだというのに、私にはまだ接吻の経験がない。だから来週初体験すればよいではないかと言うなら、それは間違っている。初めてのデートでファースト・キスをしたと素直に喜べるのは、あくまでも女の立場だ。男の場合は、初デートであっても事前に予《あらかじ》め修練を積み、震え上がらない程度の余裕をもって接吻に臨むことが期待される。緊張のあまり歯の根が合わなかったりくしゃみをしたり、目測を誤って相手の鼻の穴に到達したりするような男を、女は歓迎しないものだからである。

寮の部屋の机に脚を投げ出し、いかに修練すべきやと思案していると、ルームメイトの清白《すずしろ》くんがクラブ活動を終えて戻ってきた。

「猪迫《いのさこ》さん、クラブは?」

「サボった。どうせ裏階段で筋トレだ。美術部はいいな。雨の日でも兎跳びなんかせずにすむんだから」

「ええ」

清白くんはスケッチブックをしまいながら優しく微笑んだ。この人は私より学年が一つ下で、そのためばかりでもなかろうけれど、常に礼儀正しく控えめに振る舞う癖が身についている。もともとおとなしやかな口数の少ない少年だから、寮のお仕着せの地味な寝まきなど着るといよいよ存在感が薄らぎ、私はたいてい無視するまでもなく忘れていることが多い。きょうはしかし、このさあさあ降りの雨の午後に沈思黙考しているところへいきなり登場したから、いつもよりは生彩に富む印象を受けた。入って来るとき鼻歌など歌っていたせいもある。よく見れば、日頃は雪の虚《うつ》ろをのぞき込むような感じのする顔が、ほんのりと上気していた。

「いいことあったのか？　バラ色だぜ」

清白くんは何を羞《はにか》んでか、ますますいい色に赤らみながら、しまいかけたスケッチブックをまた取り出し、きちんと蝶結びにしてあった閉じ紐を一旦解いてまた結んだ。

「いいことって別に。たぶん、デッサンが思ったようりうまく描けたから……」

「なんのデッサン？」

「あの……胸像《バスト》です」

「バスト？　誰の、いや、どんな？」

美術用語になじみのない私は思わず色めきたった。

「どんなって――二体あるんですけど」

「見せろよ」

私はうろたえる清白くんの手からスケッチブックを奪い取った。

土曜の夜、夢をみた。無論、デートの相手の夢だ。夢の中の彼女には目も鼻もなく、口だけが弁の如くパクパク開閉して何事か訴えていた。これはどうも強迫観念になっている。

日曜日の朝、食堂へ行く清白くんをつかまえた。

「おはようございます」

「おはよう。君のデッサンのおかげで大変な夢をみたよ」

「そうですか。すみません」

あやまるいわれなどないのにあやまるところが彼の人柄である。私はそこにつけこんだ。

「朝飯食ったら美術室へ連れてってくれ。バストが見たいから」

「きょうはでも、きっと鍵が――」

「閉まらない窓が一つあるだろ？　力づくで押しあければ絶対入れる」

「不法侵入になります」

「それがどうした？」

「そんなにまでして、なぜ入りたいんです？　あした昼休みにでもゆっくり鑑賞すれば？」

「授業のある日はだめなんだ。人目のない時間帯でないと。君に同行を頼むのも、誰も入ってこないように廊下を見張っててほしいからだ」

「爆弾でも仕掛けるんですか？」

「爆弾なら数学研究室に仕掛ける」

清白くんは訝しげに私を眺めた。はっきり断わられる前に、動機を明かした方がいいかもしれない。

「実は、ちょっと予習しておきたいんだ。来週デートがあるもんだから」

「デートの予習?」

「わかりの悪いやつだな。デートをすれば当然キス・シーンがあるだろうじゃないか。自信がないわけじゃないけど、彼女にとってはきっと初めての経験だから、一生の思い出になるくらいの素晴らしいものにしてやりたい。従って、万が一にも粗相のないように、角度やタイミングを練習しておきたいのさ」

昼前、私は清白くんを従えて美術室に忍び込んだ。教卓の上に一対の胸像が向かい合わせてあった。

《石の恋人達》といって、退官なさった＊＊先生が制作して寄贈されたんです。一体ずつ別々にも使えるし、ほら、こうやってくっつければ……」

「なぁるほど。便利だ」

「毎年何かしら寄贈して下さるんです。去年は《七人の小人》でした」

「ああ、中等部の中庭に建ってるやつ」

「いえあれは《七匹の仔山羊《こやぎ》》。小人はチャペルのむこうの菜園に置いてあるはずです」

「あのデカさとポーズで小人?　七人の侍かと思った」

「カラスよけになるようにって、神父様がたが注文をつけられたので」

私は石の恋人の女の方をほどよい位置に設定して早速予習にかかった。最適角度は斜め四十五度とか三十度とか諸説紛々だが、角度に劣らず重要なのは速度であるということがわかった。アングルとテンポのコンビネーションがうまくゆけばたいていの女は征服できるであろう。石でさえなければ。

私の情熱《パッション》に対して、石の女は拒みもしないかわりに応えもしなかった。当たり前のこととはいえ、こうも硬く冷たくては練習意欲も殺《そ》がれる。見れば隣の机に、静物のモデルを務めたらしい果物が皿に残っていた。昼時のこととて腹も鳴りだしていたので、遠慮なく頂戴した。清白くんにも口封じのため林檎《りんご》を一つ押しつけて共犯としたが、彼はその場では食べずにポケットにしまった。そのとき用務員室の戸の開く音が聞こえ、誰かがこちらへやって来る気配がした。目的地は美術室ではなかったのかもしれないが、盗み食いをした直後なだけに後ろめたくなり、窓からこっそり抜け出した。


窓下の暖かい草の斜面に寝ころび、腹がへったなあ、と私が唸ると、清白くんはポケットからさっきの賄賂《わいろ》を取り出した。真紅の小さな林檎。

「食べますか？」

「うん」

　私は果皮に一番紅《あか》みのさしたところをがぶりとかじって林檎を彼に返した。清白くんは黙って受け取り、自分でも半分ばかりかじったところでまた私に差し出した。私は半分を四分の一にして再度返却した。それは八分の一になって戻ってきた。私は最後の一口分を清白くんに譲った。かりりと小気味よい音をたてて果肉が芯を離れた。と、彼は猛烈に咳き込み始めた。リンゴトキシンにでもやられたのかと、私はたまげて跳ね起きた。

「どうした？　だいじょうぶか？」

「はい……ちょっと……入るところを間違えて……カケラが、き、気管に……」

　私は咳が一段落するまで背中をさすってやった。この時節、我々の寮服のシャツの素材は白亜麻《ホワイトリネン》。爽やかな薄手の生地を衣通《そどお》って、掌《てのひら》がほのぼのと赤らむほどの淡い温《ぬく》もりが伝わってくる。涙ぐんでまで咳をこらえようとする後輩が、にわかにいじらしく思われてきた。と同時に、わが手に感じる他人の体温は、否応なく来週のデートの華やかなクライマックスを思い起こさせた。来週の今時分、私は映画を観てクレ

ープを食べて満ち足りた思いの彼女と共に、大安川河畔《おおやすがわ》のベンチの一脚に憩っている。次第に人通りが絶え、パトロールのお巡りさんも交番に帰るころ、彼女は近々と私に寄り添い、一言ものを言わず、ただ月を浮かべ満天の星を湛《たた》えた瞳もてひたすらにわが眼《まなこ》に見入る。私はそこで接吻に踏み切りたい。すみやかにけれどあわてずさりげなく印象的な口づけをする。彼女がその晩、夢の中で思い出してうっとりと微笑んでくれるような……

清白くんの背に手をかけたまま、私は陶然と夢想にふけった。胸は彼女のために最善を尽くしたいという熱い願いに沸《わ》き返っていた。そうだ最善だ。そのためならいかなる手段も辞すまい。戦争だって、爆弾だって、生体実験だって！

「治まったみたいだね、咳」

「ええ。どうも、ありがとう、ございい、ました」

「治まったところで頼みがある」

「はい」

「よければ、ざっと復習をしてみたいんだけど」

「はい——？」

「さっきのは予習だった。だから、復習だよ」

清白くんは私の意図を測りかね、ただまじまじとこちらを見ていた。まじまじが限界にきて瞬《まばた》きをすると、涙の残りがふっくらとあふれて露玉のように頬をころがり落ちた。

「君の名前、なんていうんだ？」

「すずしろです」

「それは知ってる。親につけてもらった方の名前だ」

「香雪《かやゆき》……」

　こんなことを尋ねたのは、何も年賀状や暑中見舞を送りたかったのではない。私の心は鉢巻でも締めたいくらい淑気漲《みなぎ》っていた。合戦場で武将が刀を交える前に名乗りを上げるが如く、これから唇を交えようかという相手の名前くらい知った上で、神妙に切腹いや接吻に、臨みたかったのである。

「僕は猪迫猛之進《いのさこたけのしん》」

「知ってます」

「二年A組三番。一九七＊年八月十二日生まれ獅子座B型」

　これは知らないだろうとふんぞりかえってみると、意外や、清白くんは蚊《か》の鳴くような声で、知ってます……と呟いた。私は我知らず躍起《やっき》になってたたみかけた。

「じゃあ僕のガールフレンドは？　え？　彼女の名前までは知らないよな。どうだ？」

「知りません」

と、今度は儚《はかな》くかぶりを振る。

「教えないで下さい」

私はいささか鼻白んで出かけた言葉を呑んだ。よしえさんという平凡だがまことに美しい名を教えてほしくないというのか。

「僕は猪迫さんのことなら、なんでも知ってるつもりでした。高等部に上がって、同室になったときから……でも、ガールフレンドがいるなんて、それは知らなかった」

清白くんは、所謂「三角座り」（地域によって「体育座り」、「おねえさん座り」などとも言う）に姿勢を変え、立てた膝頭を抱えこんで少しうなだれた。私の手はどうしたわけか、まだ彼の背面にくっついていたので、脊椎が柔らかく撓《たわ》むにつれて、翼の微かな痕跡のような肩胛骨の形を、はからずも今一度くっきりとなぞる破目になった。

「もういいです。咳は止まりました」

「いや、介抱したわけじゃない。離れないんだよ、この手が。どうしたんだろう？」

どうしたんだといったって、とにかく離れない。いや、離したくない。洗いたてのホワイトリネン、布子一枚を隔ててやわやわと吸いついてくるような、心はずむこの磁気作用《マグネティズム》は一体何事であろう？

「復習はいいんですか？」

「え？」

「さっき、そう言ったでしょう？　復習したいって」

私は固唾《かたず》を呑み、手を引くなら今だと思った。名残《なごり》は尽きねどこの際無理にも引かねば。

で、大いなる葛藤の末、ようやくのことで右手を引っぱがした。そうして、さっきのは冗談だと笑おうとした矢先、あろうことか、僕はかまいませんと彼は言ったのである。

「かまいません――と言われても――君、きっと、その、僕がどんな意味で言ったのか、よく把握できてないいんじゃないか？　復習の意味はつまり……」

「把握してます」

しとやかに睫毛を伏せながら、声は静かな自信に満ちている。

「把握してます。だから、どうぞ」

私は息づまる思いで彼の唇を見た。形のよい鼻と顎の間に、優しげにしかもきりりと結ばれて。紅《あか》く薄く透き通る初夏の漿果《くだもの》のように。自慢ではないが、私は六月に出回る山形の桜桃《さくらんぼ》を見るたびに、毎年新しい憧れと愛情と独占欲が胸に横溢する性質《たち》だ。それで、いったん目を止めると、意地きたない小鳥のように、その可憐な標的から目が離せなくなった。こんなにも食い気をそそる代物をどうぞとすすめられては、もはや後には退《ひ》けない。

私は心の鉢巻を締め直してままよと三十度に切り結んだ。早々と目をつむったものだから、狙いがそれて唇もよほど端の方に触れてしまった。あわてて開眼し、照準を補正する。清白くんは双眸《ひとみ》を閉じたままである。白い 葩《はなびら》 のような瞼の裏で、月や星がたゆたっているのだろうか？

私は突如この接吻に対して壮大な責任を感じた。これは本番だ。予習でも復習でもない。

いつの日か、ひょっとすると今夜にでも、このことが彼の夢の中に再現されるとしたら、何とぞよろしく幸福な気持ちで思い出していただきたい。たとえば寝る前に彼が鏡をのぞく。そして尋ねる。(「鏡よ鏡、世界中で一番、僕を幸せにしたのは誰?」)その時、私は鏡に、躊躇《ちゅうちょ》なく私の名前を答えてもらいたいのだ。

穏やかに、確実に、と心に唱えながら、私は二度目のコンタクトを試みた。成功であった。もとより石像など比較にならない。想像も風説もはるかに及ばぬ切なくも甘美な触れごこちである。つい昨日までは、薄陽《うすらび》の下の雪人形よりも淡く幽《かそ》けく、ただただ清らかな蒼い陰影を感じさせるにすぎなかったひとが、命の実を食べたかのように俄《にわ》かに実体化する。否、むしろ、このひと自身が、一顆《いっか》の貴重な果実の如く、賛美する私の唇の一触れでたちまち色と香気《かおり》を深め、みずみずしく輪郭《かたち》を整えてくるこの驚き。

どこからか矢が放たれたに違いない。たぶん雲の上から。痛みというよりは、その輝かしい衝撃に耐えかねて、私は一瞬呼吸を止めた。そしてゆっくりと、草叢《くさむら》に倒れた。何かの穂絮《ほわた》が飛び散り、金色の靄《もや》が立つ。

「射ったのは君か——」

「何を?」

「なんだろう……ともかく、命中したよ」

黄金の空気はやがて頭の中一面に広がり始め、燦然《さんぜん》たる惑わしに纏綿《てんめん》と浸されて、私は一切を放擲《ほうてき》し、一切を忘却した。自己も、世界も、来週のデートのことも。

茨彦
いばらひこ

天ぷら屋のナッちゃんが、十六歳の誕生日に買ってもらったモーターバイクで事故に遭《あ》って、バイクはお釈迦《しゃか》になり、ナッちゃんは半年間人事不省に陥った。(注・ここで言う天ぷらとは、薩摩《さつま》揚《あ》げに似た物である。)ナッちゃんはまだ運転免許を取得していたわけでない。誕生日の翌日から教習所に通う手筈になっていた。しかし、昨年東京の大学に入った兄さんのバイクを、二年間も、無断・無免許で乗り回していたから、運転には絶大な自信があった。今更教習所などに通うのは金と暇の無駄遣いだと思ったけれど、それでは両親が承知しなかった。そこでナッちゃんは巧妙な取引を持ち出した。教習所へ行くから、先に新しいバイクを、兄さんか父さんの名義で買ってくれと持ちかけたのである。無論、免許証をもらうまでは指一本触れない。でも、目の前に現物があれば、早く大手を振って乗りたいという気持ちが励みになって、ペーパーテストのための勉強もはかがいくと思う。(ナッちゃんは課目にかかわらず、教室で三十分以上机に向かっていると、睡魔に襲われる体質である。)

末っ子に甘い母親のとりなしで、父親は遂に折れた。そして某社製何百何十ccの堂々たるバイクを、同じ町内のTモータースで購入してやった。Tモータースのおやじ、つまり社長は、天ぷら屋の旧友である。社長の伜《せがれ》は私の同級生である。伜とナッちゃんと私は三人とも同じ小学校に通った。中学校に上がる時点で、Tと私は県下の名門私立男子校を受験してめでたくうかり、爾来《じらい》、中高六年制の丘の上の学院にて、早弁をしたり讃美歌を歌ったりしながら今日《こんにち》まで暮らしてきた。ナッちゃんは公立の中学校へ進んだ。勢い、顔を合わす機会は少なくなった。高校生になってからはますます疎遠になっていたが、天ぷら屋の近所に住むTは、自分の弁当のおかずを野原《のはら》商店へ買いにやらされた折など、店番を手伝っているナッちゃんに出くわすこともあり、交際《つきあい》が全く途絶えることはなかったらしい。このTより、ナッちゃんはまんまとバイクの合鍵《スペアキー》をせしめたのである。

お父さんお母さんが店の奥の工場でガンモやチクワの製造に勤《いそ》しむ間に、ナッちゃんは新車の試乗に赴いた。幸運は鳶《とび》ノ橋交差点まで続いた。突風にさらわれた黄色い帽子を追って路上に飛び出した園児。ナッちゃんはそれを避けんとして、熱帯植物を満載した園芸店のトラックに衝突した。トラックは市営バスに衝突した。道路端に吹っ飛んだナッちゃんは、蒲団《ふとん》屋の店先に積み重ねてあった座蒲団《ざぶとん》の山に着陸した。が、そこへ、大きく傾《かし》いだトラックの荷台から、棕櫚《しゅろ》やゴムや巨大なパキラが南洋の島の崖崩れさながらになだれ落ちてきた。ナッちゃんはたちまち生き埋めに――とどめは実生《みしょう》のココ椰子《やし》であった。

ココナツに頭部を強打されたナッちゃんは、そのまま自ら植物に化すかと危ぶまれたが、六ヶ月後のある日、突然目を覚ました。私は偶然その場に居合わせた。Tに誘われて病院へ見舞いに行ったのである。夜昼なく付き添っていたナッちゃんのお母さんは、隈《くま》のできた眼をシパシパ瞬《またた》いて何度も頭を下げ、茶菓を誂《あつら》えに別室へ立った。我々は心から恐縮した。ナッちゃんの方は、それほどやつれていなかった。私の記憶にある顔に比べると、頬から顎の辺が少し瘠《や》せたかなと思う程度で、半年間陽《ひ》を浴びなかった皮膚の下には、ほのぼのと血の色さえ透き見える。一見、健康体であった。自分から誘ってきたくせに、Tは安らかなナッちゃんの寝顔を横目で見ながら、さもいたたまれぬと言わんばかりにもじつき始めた。そしてトイレに行くと言って、これまた席を立ってしまった。私はナッちゃんと二人きりで白い部屋に残された。真昼にお通夜をしているようで、こちらもなんだか気味がよくない。窓をあけることにした。

四月の風が軟《やわ》らかく流れ込んできた。窓の外に、枝も幹もまっすぐな高い樹が、青々と伸びていた。私は早緑《さみどり》の小枝を一つ折りとって嫩葉《わかば》の薫りを嗅いだ。背後で、ふっと溜息の洩れるような気配がした。私は振り返った。枕に載せたナッちゃんの頭の位置が僅かに変わっていた。まさか――？

私は忍び足で寝台に近寄った。小気味よくツイと反《そ》ったナッちゃんの鼻先に、馨《かんば》しい枝をそっと掲げてみた。鎖骨《さこつ》の下と片方の鼻腔には、ナッちゃんをこの世につなぎ留めているチューブが通《かよ》っている。これが切れたら、電源からプラグを抜いた機械が作動しなくなるように、ナッちゃんの心臓もやがて止まり、四肢は冷えて透き通り、初々しい生命《いのち》の紅《あか》らみが消え失せてしまうのだ。私は心の中で、〈消エルナ！〉と強く念じた。雪白のシーツの上に蒼く投げ出された手が、ゆるやかに閉じたり開いたりし始めた。〈消エルナ、消エルナ、消エルナ、消エ……〉

再び、ひそやかな吐息。ナッちゃんは花の茎のような指で虚空をまさぐり、微風にさやめく小枝に触れた。そしてぽっかり双眸《ひとみ》をあくと、世にも懐かしげに私を打ち眺めた。

その日からナッちゃんは私のひっつき虫になった。手洗いから戻ってきて仰天するT、ケーキと紅茶の盆を取り落として泣き崩れるお母さん、いずれもナッちゃんは無視した。看護婦さんが呼ばれ、主治医が駆けつけ、奇跡だ奇跡だと歓喜の声が飛びかう中、緑の小枝を握りしめて、ナッちゃんは静かに、ひたむきに、私ばかりを見つめていた。私が当惑のあまり、ろくに言葉も交わさないうちに帰ってきてしまったほど。

彼は昔からかわいらしい少年であった。小学校時代、共に合唱隊の制服を着て並んで歌った

仲だが、私には少しも似合わなかった金釦《きんボタン》とエンブレムつきの白いダブルのブレザーが、この天ぷら屋の息子には素晴らしくよく映った。彼の澄明なソプラノは、音程がやや心もとなく、時にはたっぷり半音ずれた。私は幼稚園からピアノ教室に通わされ、音感は優秀でいつも正確に歌っていたにもかかわらず、隣人が調子はずれな声を張り上げるたびに、指導の先生ははっきりと私の顔を睨んでかぶりを振られた。

一体に、小学校では、美醜よりも気質や特殊技能や運動神経で友人を選ぶ傾向があった。きれいな子より愉快な子供に人気が集中した。ナッちゃんは国語と算数と社会は人並みで、音楽は並みよりやや上、理科はやや下であったが、図工と体育にかけては常にクラスの首席であったと記憶する。手先が器用で、構成力、色彩感覚共に優れ、写実もデフォルメも巧み。骨組みは華奢《きゃしゃ》だが、実に敏捷で柔軟。意外な持久力と強靱なバネを備えていた。大変剽軽《ひょうきん》な奴でもあった。要するに、人気者の条件を完備していた。天はそこへ更に、黄金《きん》の小鈴めいた笑い声と、ハート形の白い 葩《はなびら》 のような顔を与えたもうたのである。クラスの女子は、席替えのあるごとに、どうかして彼の隣席を確保せんとあらゆる手管を労した。彼より暮らし向きがよく見てくれの悪い少年たちは、全員嫉妬した。当時、母校の代表的色黒かつ肥満児で、『ボタ』という不名誉な渾名《あだな》を頂戴していた私などは、あからさまに彼を妬《ねた》んだ。(『ボタ』は無論、ボタモチの略である。)その反面、跳び箱や鉄棒における彼の超絶技巧、ポートボール、ソフトボール、サッカー等の試合での活躍ぶりには、内心熱烈な拍手を贈るにやぶさかでなく、また、仲間うちで連れ立って悪事を働く際、彼の機敏かつ大胆な行動力は、なくてはならぬものであった。

中学生になって間もなく、私は瘠せ始めた。毎朝えっちらおっちら丘の天辺まで上りつめ、夕方遅く、クラブで疲れた足を引きずり引きずりまた下る、という生活が効を奏したのだと思う。体重の減少に伴って背丈が伸び始め、私は急に、アイスキャンデーをなめたあとの棒切れのように、さっぱりした印象を与える人物になった。色だけは依然として黒い。高等部の新クラスでひとりずつ自己紹介をした時、担任のF先生は私の氏名を大声で繰り返させ、無遠慮に大笑された。(「これほど名が体を表わさん男も珍しいのう!」)

さて、ひっつき虫のナッちゃんである。一旦目覚めると、彼の体力は日増しに回復していった。独り歩きもじきにできるようになった。しかしまだあまり喋れない。あるいは、喋らない。六ヶ月の眠りは彼の精神に不思議な変化をもたらしていた。ナッちゃんはたとえば、馬が好きになった。私の学院の馬場まで出向いてきて、馬術部の連中のトレーニング風景を飽かず見物する。天ぷら屋の主《あるじ》は、新しいバイクをねだられるかと戦々兢々であったらしいが、そんなものにはもう少しも興味がなさそうだった。練習が終わって馬がそれぞれの馬房へ引き上げてしまうと、ナッちゃんは正門に移動してそこで私を待つ。雨が降っても、腹がへっても、暗くなっても、待つ。創立以来、学院の伝統的鞄《かばん》である黒い風呂敷と、汚れた体操服を詰めたバッグを下げて私が現われるまで、決してよそへ行こうとしないのだ。ある時、見かねた誰かが事務室に報告した。私の姓名と学年及びクラスは、全校に放送された。「お友達がお待ちです。至急正門までおいで下さい」というメッセージつきで。

私が取るものも取りあえず正門に駆けつけると、ナッちゃんは後ろ手に手を組んで門柱に寄りかかり、夕暮れの海からの風にのんびり吹かれていた。私はすっかり腹を立てた。

「なんだ、あの放送は！」

ナッちゃんは罪のない様子でにっこりした。

「誰か待ってるのかってきかれたから……しらとりくん、と言ったら、呼んでくれたんだ」

「ひとの名前をみだりに呼び出させるな。すっとんで来て大恥かいたじゃないか！」

下校時のこの付近は人通りが激しい。私たちは既に好奇の眼差しをちらちら投げられていた。私はナッちゃんを引っ立てて坂を下り始めた。ナッちゃんは素直についてきた。私の家までついてきた。このところ毎日である。学院の正門で私と一緒になって自宅まで供をし、部屋に上がってしばらくくつろいでゆくのを日課と心得ている。暴力をふるうでも奇声を発するでもなく、すみっこでおとなしくしているだけなのだが、やはり迷惑である。きょうも来られてはたまらんと思い、玄関の扉をあける前に『帰れ』と申し渡そうとした。そこへ母が買物から戻ってきた。母は天ぷら屋の上得意の一人だ。県内で、食するに足る練物《ねりもの》をこしらえる店は野原商店だけという意見である。そしてバイクの災難を気の毒に思い、昏睡時代はもちろん覚醒後のナッちゃんをも引き続き不憫《ふびん》がっている。豆の花のひらひら踊るポーチにあどけなく佇《た》つ彼を見て、明るく声をかけ、容態を尋ね、撫《な》でんばかりにして屋内へ招じ入れた。

「お母さん、なんてことをするんだ！」

　私は鋭く囁いた。

「入れちまうなんて！　今の今、うちへ帰れって言おうとしてたのに！」

　母はぱんぱんにふくらんだ買物袋を二つ、私に押しつけた。

「お茶をあげてから帰ってもらっても遅くはないでしょう？　いつもそうしているのに、きょうだけおやつなしなんて、変ですよ」

「僕、このクソッタレのおかげですごく迷惑してるんだ、学院で」

「お友達に向かってクソッタレとはなんです」

　ナッちゃんは勝手知ったる二階に上がり、私は荷物を台所に運ばされた。ちょうど電話が鳴り、手ぶらの母が出た。

「白鳥でございます……まあ、野原さん！　先ほどはどうも。ずいぶんサービスしていただいちゃって。え、夏秋《なつあき》ちゃん？　はい、みえてますよ。だいぶお元気そうになられて、ご安心ですねえ。あら、いいえ、とんでもない。幼なじみですもの、当たり前ですわ」

　母は私をチロリと上目に見ながら、袋を置く場所を指示した。

「お茶を上がったら愛彦《えひこ》にお宅まで送って行かせますから。ええ、ええ、どうぞご心配なく。はい、申し伝えます。ありがとうございます。ご免下さいませ……」

「誰が送って行くって言った?」

受話器が置かれるや、私は抗議した。

「電車でたった一駅じゃないか。赤んぼじゃあるまいし、ひとりで帰れるさ」

母は薬罐《やかん》にミネラルウォーターをなみなみと注いで火にかけ、買ってきたものを食納庫にしまい始めた。私は自分の抗議が無言のうちに却下された屈辱に悶々《もんもん》とした。踵《きびす》を返そうとした時、思い出したように母が命じた。

「温室からレモンをとってらっしゃい」

「だめだよ、あれ。渋くて」

「あんたはいつもよく探しもしないで、真っ先に目についたのをいいかげんにもいでくるからよ。ちゃんと熟れたのを摘みなさい。はい、鋏《はさみ》」

「おじぎしながら電話切るの、おかしいよ」

「早くとってきなさい」

このごろ町内の主婦の間で、簡易温室の造営が静かなブームを呼んでいる。鶏小屋《とりごや》に毛の生えたようなプレハブ建築物。勝手口近辺に一時間前後で組み立てられる。無精な奥さんはアルファルファぐらいしか作らないが、私の母はその点凝り性だった。台所で必要とする香草類と野菜を一通り揃えた上、カリフォルニア産のレモンと小豆島《しょうどしま》の蜜柑《みかん》を植えた。蜜柑の木蔭には私の幼年期の財産である揺り木馬を据え、葡萄《ぶどう》の蔓《つる》を絡《から》めたりなどしている。いずれバニラや胡椒《こしょう》やコーヒーの木を栽培して鸚鵡《おうむ》を放すのではないかと思う。

いじけた青い実をいくつか調理台に投げ出し、二階の自室へ行くと、ナッちゃんがバルコニーの手摺りからうんと乗り出している。

「おい、今度は何をしようっていうんだ、飛び降り自殺か?」

ナッちゃんは少し息を切らしながら肩越しに振り向いた。両腕をまっすぐ宙に差し伸べている。さてはアッシジの聖フランチェスコか、と思ったら、指先三十センチばかりのところに隣家の猫がいた。木に上ることばかり考えて、下りる時のことを全く考慮しない動物だ。ほっておけと言ってもナッちゃんがきかないので、私はやむなく彼のベルトをつかまえ、もっと体を伸ばして、マルメロの枝から猫を収穫できるようにしてやった。猫はお礼にナッちゃんの顔面をひっかいて階下へ逃走した。傷は浅かったが、念のため消毒しておいてやることにした。

額から鼻、そして瞼《まぶた》の上にも、朱《あか》い絹糸のような筋が走っている。

「危ないなあ! 目玉をひっかかれるところだったじゃないか」

私は新しい清浄綿をちぎってオキシフルに浸した。ちょっと目をつむれと言うと、ナッちゃんはなぜだか、泣きそうな顔をした。

「目に入ったらしみるだろ。つむれってば」

観念したナッちゃんは、目と口を同時にきゅっと閉じた。私は片手で彼の顎を支え、鼻梁に沿ってうっすらと瀝《したた》りかけた血を注意深く拭った。

「僕、眠るの恐《こわ》い」

ナッちゃんは唐突に呟いた。

「眠れなんて言ったか？　もうあけていいぜ。そら」

貝のように淡青《うすあお》い瞼が震えて開き、深く濡れた眼差しをあらわにした。その目は確かに、怯えた子供や仔鹿《こじか》を思わせた。

「夜になって眠るのが恐い。一度眠ったら、また長い長いこと、百年も目が覚めないような気がして……」

私は肩をすくめ、使用済みの綿を屑籠《くずかご》めがけて放った。はずれ。

「眠りたくない……眠ったら、見えなくなるもの」

自分のコントロールの甘さを呪いつつ、私は不承々々腰を上げて、増やしたゴミを拾いに行った。背後から、ひどく可憐な囁きが追いかけてきた。

「僕、ずうっと、君を見ていたいんだ」

私はナッちゃんを避けるため、裏門から下校することに決めた。きのうの訥々《とつとつ》たる独白ないし告白は、私を少なからず動揺させた。無害だと思っていた小獣が、いきなり額の真中に一本のまっすぐな角をすらりと生《は》やしたような驚きであった。輝く鋭い穂先が私の心臓をまともに狙っている。そんな気がした。

裏門からだと約四倍の道のりを戻らなければならない。しかし途中に父の勤務先があるので、運がよければ運転父《うんてんふ》つきの自家用車で帰宅することができる。父は市民病院の小児科医長である。職場へ訪ねるのは小学校の頃以来なので、少々緊張した。エレベーターの階数を誤り、産婦人科の医局前で降りてしまった。ところが、降りたその場で父に鉢合わせしたのである。

父には連れがあった。白衣は着ていないが、同年配の男だ。その連れと熱心に話し込んでいて、他の乗客が皆降りてしまうまで私に気がつかなかった。ポタシウム・クロライドが何とかと言うのが聞こえたので、さては薬屋かと思った。学院の制服、制帽、風呂敷という第一礼装で出現した私を、父は、初対面の人物を見るようにしげしげと吟味した。

「おまえ、こんな所になんの用があるんだ？　産婦人科だぞ」

連れの人の口元がぴくりと痙攣《けいれん》した。私は顔に血が上るのを覚えた。

「小児科に行くつもりだったんだよ。ボタンを押し間違えて……」

閉じようとした自動ドアを、連れが素早く押さえた。

「乗りたまえ、白鳥くん」

と言われ、父と私は肩をぶつけあいながら同時に乗り込んだ。乗客は我々二人きりだった。

父はあきれ顔で私を眺めるのをやめない。連れは愉快そうに私たち親子を見比べて、

「それじゃ、この坊ちゃんが君の?」

と、首をかしげた。

「そう。自慢のドラ息子だ。愛彦《えひこ》、こちらはS先生。おまえの誕生に多大な貢献をして下さった方だ。おまえが今日、元気で学院に通えて、下校途中に市民病院の産科病棟へ迷い込んだりできるのも、すべて先生のおかげなんだよ」

S先生はクックックッと笑った。父や私よりずっと小柄で、遠目のききそうな丸い瞳と、いくらか鉤形《かぎなり》に曲がった高い鼻のせいか、鳥のような感じがする。私たちは小児科のある階で降りた。父は、仕事がかたづくまでに、まだ小一時間かかると言った。そのあと、S先生と一杯飲みに行く。だからきょうは車で来なかった。私はがっかりしたけれど、家の近くまでタクシーに便乗することにして、S先生と一緒にロビーで待った。その間に先生はもう少し詳しい自己紹介をしてくれた。父とは中・高・大学と同窓で、卒業後も同じ病院で働いたが、途中からアメリカの医科大学に入り直し、看護婦さんと恋に落ちて結婚し、現在はフィラデルフィアの病院に勤務中だそうだ。帰国は十五年ぶりという。

「着陸早々、一つ恥をかいた」

「なんですか？」

「まず腹ごしらえをと思って、空港レストランへ行ったんだ。『やまなソバを一つ』と言っちゃった」

「やまなソバ？」

「関東では『山菜《さんさい》ソバ』と読むらしい」

「全国的にそうですよ」

「そうか」

先生はまた、楽しげな含み笑いをした。

「僕が生まれた時、ええと……とりあげて下さったんですか？」

「うん。ちょっと大変だった。帝王切開《カイザー》でね。だが、産後の方が心配だったよ。お母さん、だいぶまいっておられたから」

「子供生むって、体力いりますよね」

私は対岸の火事を眺める気楽さで、のんびり呟いた。

「ああ。命がけだよ、ケースによっては。君だけでも無事に生まれて本当によかった。お母さんのためにも、しっかり二人分生きなければいかんぞ」

「二人分？」

Ｓ先生は厳粛に頷《うなず》いた。

「そうだよ。君の人生には二人分の値打ちと責任があるんだ」

私は自分に兄弟があったことなど少しも知らなかった。Ｓ先生は「二人分」の意味をそれ以上話してくれなかったので、家に帰って母に問いただすと、母は渋いレモンをかじった時のような顔をした。

「強《し》いて秘密にしていたわけじゃありませんよ。でも、言ったってしかたのないことですもの。それに、心配だったのよ。ほんとは兄弟がいたはずなのになんて聞かされたら、生き残った方の心に何か傷跡が残るんじゃないかしらと……今のあんたを見れば、まったくの取越し苦労だったってわかるけれど、生まれたての頃は、とにかくまだ心配だったの。もしかしたらデリケートな子供に育つかもしれないと思って。そうしたら、どんなことがまたドラウマにならないとも限らないでしょう?」

「Trauma《トラウマ》」

「ええ、ドラウマ」

私はくやしいけれど、母の明察どおり、傷つきやすい多感な少年を自認したことはかつてない。しかし、自分と一緒にこの世に生まれてくる権利を持っていた誰かが、理由はどうあれ、どこかでそれを諦《あきら》めなければならなかったことを知ると、これまで抑圧されていたらしい感じやすさが、爆発的に台頭してくるのを覚えた。鳩尾《みぞおち》のへんがすっと冷たくなるような、内側にすぼむような、奇妙な感じを私は経験した。めまいの兆しに、あわてて椅子《いす》によろけ込んだ。発作はすぐに治まったが、拳を固めて手の震えを隠さなければならなかった。

「もひとりの子、どうして死んだの?」

母はすぐには答えず、温室から摘んできたパセリを、菫《すみれ》か何かのように束ねて匂いを嗅いでいた。

「愛彦、兄弟、欲しかった?」

「別に」

「ひとりっ子でつまらないと思ってた?」

「思ったことないよ」

母はパセリの中に鼻先を埋め、目だけまっすぐにこちらへ向けた。

「人工授精だったの。五個の受精卵のうち三つは最初からだめだった。残り二つは順調に育つはずだったけれど、お母さんの体がそれに耐えられないだろうと言われて。だから――自然に死んだんじゃない。殺して

もらったのよ」
先に視線をそらしたのは私の方だった。

十六才とはおかしな年齢である。孤独になるのがいともたやすい。私は友達に不自由したことはなく、男にしろ女にしろ、きょうだいの必要性を痛感したことも、実際なかった。それなのに、あんな話を聞いたばかりに、私は俄然、それまで縁のなかった微妙な喪失感にさいなまれるようになった。心の中は、生きて相見ることのなかった弟——なぜか弟だという気がする——に関する想念に、遍《あまね》く占拠された。もとより自分を完全無欠だと信じたことはないが、それにしても、片羽翅《かたはね》をもがれた虫のような不自由と不安を、いよいよ意識するようになった。私の傍らには常に、もう一人の少年がいるはずだったのだ。

デリカシーの発作は度々起こった。昼間は友人や両親の手前、精一杯つくろっていたので、それは主に夜、私を悩ませた。夢の中で私は、暗い長い道を、誰かと手をつないで歩いて行く。互いの姿は見えない。が、その誰かは、いつも私より少しだけ遅れていて、かぼそい手は、ともすればほどけそうになる。私は時おり、闇に向かって言葉をかける。離しちゃいけない、もう少しだから、というようなことを。（確かに光の予感はある。）やがて、本当に、行く手がほのかに白んでくる。道の終わりがぼんやり浮かび上がる。私は寂しい小さな手をしっかりと握り直して、光に向かう。だが、すっかり明るい場所で振り返ってみると、そこには誰もいない。私がつかんでいるのは、ある時は象牙細工《ぞうげざいく》の小枝や花であったり、ある時は白い小鳥の亡骸《なきがら》であったり、とにかく人の手なんかではなかった。

そんな夢のあとに目を覚ますと、どうして今までこんな寂しさを知らずに、午前三時などという時刻を生き延びて来られたのかと思う。ある夜など、自分の横に、絶対に誰かが寝ているという感じがして、もう眠れなくなった。すやすや眠る幼げな息づかいを、確かに聞いたと思った。けれど、そっと手を伸ばしてみた先には、月の光に冷えた敷布《シーツ》があるだけだった。

私は硬式庭球部でTとペアを組んでいた。眠れぬ夜々のたたりか、前衛の私の攻撃意欲がさっぱりであったため、夏の県大会は予選で早くも惨敗を喫した。Tは私を責めなかった。更衣室の沈黙はやりきれなかった。地区予選は市営コートで行われており、コートの隣には石垣の上にお城がそびえていた。Tと私は並んで濠端《ほりばた》を歩いた。相変わらず物を言う気になれない。やがてTが、だんまりの真中《まんなか》に思いがけない話題を投じた。

「ナッちゃんが眠らないって、知ってるか?」

「いいや」

「眠らないんだってさ、全然。夜になっても」

「昼寝してるんだろ」

「いや、朝からちゃんと起きてるんだ。それでいて、夜通し一睡もしないんだよ。病院で意識が戻って以来、ずっとそうなんだって」

「そんなことがあるかい」

「お母さんがそう言うんだぜ。離れにいつまでも灯りがついているから、消し忘れたのかと思って夜中に見に行くと、ナッちゃんはきちんと服を着て目を覚ましていて、小さい声で歌なんか歌ってるんだ」

「普通じゃないな」

「野ばらの花をむしっていたりすることもある」

「また病院へ戻した方がいいんじゃないのか？」

　退院して家に帰ってきたナッちゃんは、自分の部屋が気に入らず、離れで暮らしていた。天ぷら工場の裏の空き地に建つ一軒屋で、野原商店の創立者であった変人のご隠居さんが、亡くなるまではそこに住んでいた。晩年は滅多に人にも会わず、園芸と煎じ薬の製造にかまけて余生を送ったと伝えられる。空き地を開墾して種々雑多な草花を栽培していたが、ご隠居さんの死後は手入れをする者もなく、実を採るために片隅に植えてあった野茨《のいばら》だけが、いつとはなしに蔓延《はびこ》り、出しゃばり、他の植物をすっかり圧倒してしまった。小学生時代、秋に何度か、真紅《まっか》に熟れたばらの実を狙って侵入したことがある。垣根の向こうには急斜面の草地が河原へ下っていた。河の対岸には私の家が見えた。ナッちゃんはその昔、鴨撃《かもう》ちのおじさんが使う平底舟を無断借用して、片道五十円で友人たちを岸から岸へ渡すという商才を発揮したものだ。露見した時は、もちろん盛大に怒られたけれど。

「以前は、夜中に歌いながら花なんかむしろ性格じゃなかったのになあ……」

と、Tが言った。

「やっぱり、打ちどころが悪かったのかな？　親父さんが言うにはまるで別人だってさ。おまけに、コロコロ気が変わるんで困っちまうって。こないだも、兄さんに会いたいと言うから、冬春《ふゆはる》さん、わざわざ日曜に東京から帰ってきたんだ。そしたらナッちゃん、こんなひと知らないと言って、離れに引っ込んじゃったんだよ」

「ふうん——変なヤツ」

「変だけど、かわいそうだよな。お母さんもお手上げらしくて、このごろはあんまりかまってやらないみたいだ。学校の友達も見舞いに来なくなったし……俺は気になるから、時々行って様子見るんだけど」

「おまえのことは、知らないって言わないのか？」

「ああ。でも、ナッちゃんが待ってるのは俺じゃないんだ」

「待ってる……」

「うん。はっきりそうと言ったわけじゃないけど、なんとなく——誰かを待ってるみたいなんだよ」
私は地面に目を落とした。ゆっくり踏み出す靴先がよく見えないほど、黄昏《たそがれ》が迫ってい
た。柳の並木を通りぬける風が、私にはわからない言葉で、何事かしきりに囁《ささや》いている。
行き暮れたメッセージが、絹のような緑の糸にからまって、さわさわ躊躇《ためら》う。私は奇妙な
焦燥《あせり》を覚えた。こんなに鈍くさい歩き方をしていたら、一日は、一夏は、一年は、人の一
生は、あっという間に終わってしまう。せわしない葉ずれの音は、砂の流れのようにも聞
こえる。私たちは、宵闇《よいやみ》の青い硝子《ガラス》の壺に閉じ込められて、宇宙の巨大な砂時計を聞いて
いるのではないだろうか？
私の不安が伝染したのか、Tは急に歩調を速めた。速足になりながら、振り向かずに
呼びかけた。
「白鳥」
「なんだ？」
「おまえ、裏門から帰ったりするのやめろよ」

転寝《うたたね》から醒めると枕が濡れていた。夕食もとらずに寝入ったらしい。またあの夢を見た。

静寂は重く、耐えがたかった。起きて窓をいっぱいに開け放った。五月の爽気が戻ってきたかのように、肌ざわりのさらりと澄んだ夜であった。闇は月の出の前の真珠めいた光沢を含み、黒い果実のようにみずみずしい。私は深く、深く呼吸した。誰かに名前を呼ばれたように思った。夜の庭に誰かがいる——理屈を超えた確信が潮のように満ちてきた。私の名をひそかに繰り返し、繰り返し、長いこと待っていてくれた誰かが。

私は庭に降りた。そして、花茨《はないばら》の繁みに潜《ひそ》む露まみれのナッちゃんを見つけた。いつの間にか、庭中に野ばらが繁り、咲き乱れていた。枝垂《しだ》れた花蔓《はなづる》を分けて私が触れようとすると、ナッちゃんは人馴れしていない動物のように、羞《はにか》んで奥へ退《すさ》った。私の胸に得も言われぬ孤独と慕わしさが燃えた。有限会社野原商店の次男坊は、私にとって今や切ないほどの重要人物となった。追いついて、子供の頃の宝物をみんな見せてやりたい。どんな小さな秘密も打ち明けてしまいたい。眠る時は獣の子のように寄り添い、丸まって、互いの香りに包《くる》まれ、同じ夢を見ながら眠る。親友で、兄弟で、そして恋人……

私は更にばらの中へ分け入った。嫩《わか》い鋭い棘が手や顔を擦る。青い夜の熱《いき》れがほのかに薫り立つ。血が流れていると思ったが、痛みは感じなかった。やがて花は疎《まば》らになり、私は出し抜けに、しなやかな細枝ばかりを鳥籠《とりかご》のように粗く編み合わせた自然の天蓋《てんがい》の下に立った。月が上り、ナっちゃんはもう逃げるのをやめて、静かな大きい瞳で私を迎えていた。私は深緑《しんりょく》の闇から月光の魔法陣へ、彼の優しい姿を抱きとった。自分の無骨な手でこんなに嫋《たおや》かな存在《もの》を抱擁する不安に、胸は張り裂けんばかりにときめいた。匂やかなこめかみに、蕾《つぼみ》めく小さな頤《おとがい》に、白々と射《さ》しそめた月の瀝《したた》りを、私は危うげな接吻でなぞった。ナッちゃんは温かく腕を絡《から》め、繻子《しゅす》の感触を帯びた唇《くち》で、震えがちに、花蜜を吸うようにして私に触れた。私はやがて、抱いているのが少年なのか植物なのか、それとも月の光なのか、しだいにわからなくなってきた。

ナッちゃんの訃報が届いたのはその二日後である。Tと誘い合わせて家を訪ねると、遺体は座敷ではなく離れに安置されていた。弔問客の便宜を図ってか、裏庭はおおかた伐《き》り払われ、花ざかりの茨がいくつかの小山に積まれていっそう馥郁《ふくいく》と薫っていた。白布を取りのけて見せてもらった顔には、掻《か》き傷一つなかった。

母屋で陰鬱なお茶の接待を受けたあと、私は衝動的に、

「もう一度お別れを言いたいんですけど、かまわないでしょうか？」

と、ナッちゃんのお母さんに尋ねた。お母さんは涙顔に頷《うなず》いた。

私は一人で離れに戻った。喪屋《もや》には花の香があふれていた。全てのものが花に見えた。横たわる少年の色淡い唇さえ、胸痛む甘さを放つ双弁《ふたひら》の花かと思われた。初咲きのばらに

惹《ひ》かれるように、私はそこへ顔を寄せた。月魄《つきしろ》の冷えが優しく甦《よみがえ》る——ナッちゃんは目を覚まさなかった。

衣通彦

そとおりひこ

「学院に自殺の名所なんてあるんですか?」

雨宿りの徒然《つれづれ》にこんな質問をした。高二になって間もない四月の終わりのことだ。尋ねた相手は私の通うミッションスクールの校医さんである。驟雨《しゅうう》を避けて駆け込んだ丸善で英々辞典を物色していたら、やはり同じ目的で来店したと見える校医の長田《おさだ》先生に、やぁ君も、と声をかけられた。私はテニス部に入っていて、先生は部のOBである。試合前にコーチをしに来られる関係上、比較的気のおけない間柄であった。コーヒーでも飲みながら雨止みを待とうということになり、連れ立って二階ギャラリーの喫茶室へ上がった。

学業やテニスや日頃の健康管理の話題も尽き、気まずくはないけれど、どちらも何となく黙りがちに、冷めかけたコーヒーを啜《すす》るばかりの凪《な》ぎ状態に入りかけた時だ。今は昔、長田少年の憧れであったウィンブルドン・チャンピオンの名前など聞かされているうちに、そうか先生は第一期生だったのだと思い当たった。学院草創期のエピソードをたくさんご存じに違いない。〈自殺の名所〉なるものが存在するらしいことは、最近になって初めて知ったのだが、具体的にどことはっきり聞いたわけではなかった。

「自殺の名所?」

「ええ。そんな所があるって、友達から聞いたんです。裏山の竹藪《たけやぶ》の中じゃないかと——」

「ああ、そう言えば。名所になっているとは知らなかった。僕の知っている限りでは、自殺したのは最初のひとりだけで、後続が出たとはついぞ聞いたことがないから。場所も竹藪じゃないよ。ほら、今は体育館が建っている所だ」

私はちょっとがっかりした。華厳《けごん》の滝や支笏《しこつ》湖や足摺岬《あしずりみさき》のような、風光明媚な土地を想像していたので。

「体育館の中で自殺したんですか？」

「いや、とんでもない。あれができたのは、ええと、僕らが高等部に上がってからだ。それまでは、初めの二年間は降っても照っても運動場、以後二年はサッカー・グラウンド横の仮設みたいな小さいジムで体育をやっていた。現在ある立派な雨天体操場が完成した時は、ただもうありがたくもったいなくて、吊輪の練習に行くやつはいても首吊りに行くのなんかいなかった。あの事件は仮設ジム時代に起きたんだ。死んだ生徒とは直接つきあいがなかったから、僕もほとんど又聞きなんだけれども」

私たちは二杯めのコーヒーを注文した。先生はブラックでおいしそうに。私はミルクを数滴垂らして。各々血中のカフェイン濃度が快く上昇したところで、自殺の話が始まった。


自殺が決行された場所は、その頃まだ野原であった。天然の野というわけではなく、学院の前身であるイエズス会の学校の神父さんたちが、先住の雑木類を伐採し、竹藪を払い、俗人には真似のできない忍耐力を発揮してタケノコ征伐に取り組み、小高い丘の頂に忽然《こつぜん》と現出せしめた人工緑野である。

当初は乳牛を放牧する計画であったが、予約しておいた農家の飼い牛の間に伝染病が蔓延した。そこより他に格安で家畜を譲ってくれるあてがなかったため、とりあえず神に祈りつつ悪疫の終息を待っていたところ、スコットランド系カナダ人の修道士で故郷《くに》には千里眼の曽祖母《ひいばあさん》もいるという人が、これは畢竟《ひっきょう》、酪農が我々にふさわしくないという主の戒めであると言い出した。（初《はな》から牛より羊が飼いたくて、牧羊犬の子犬さえ注文ずみだったのが、多数決でオランダ系アメリカ勢の支持するホルスタインに破れたのを、ひどく根に持っていたのだ。）それでかどうか、持ち牛の乳を手ずから搾《しぼ》ってパトラッシェに引かせた車で麓《ふもと》の鶴島市内へ売りに行くという夢はいつともなく潰《つい》え、北海道の関連修道院から種子を分けてもらったケンタッキー・ブルーグラスの牧場だけが青々と残った。周囲に植えたポプラもたゆまずせっせと伸びて、札幌の親木に負けじと銀葉《ぎんよう》を目覚ましくはためかすようになり、時計台こそ建たなかったものの、創立間もない鶴島学院の生徒たちに、思わぬ異国風《エキゾチック》な田園情緒を提供することとなった。

新学期が始まったばかりの四月吉日、絵本を開いたような春の朝《あした》の牧場《まきば》に、高等部の生徒数名がたむろして、読書、昼寝、早弁、思索など、思い思いのことをしていた。その中に、長田先生の当時の仲よしであるAくんがいた。Aくんは寮生だった。寮で同室のN

くんもそこにいた。Nくんは、ざっくばらんに言えば、南家鏡太郎《なんけきょうたろう》という高二の生徒である。鶴島学院に入るために住民票を県内の親戚の家に移していたが、実家はどこかもっと遠方にあるらしかった。美術の担任教諭から学院のレオナルドと絶賛されたほど豊かな画才に恵まれ、親が許せば美大に進みたいが、たぶんだめだろうと悲観していた。

後にこのポプラの牧場で命を絶つことになるのは他ならぬこのNくんなのだが、その時は当人も含めて誰ひとりそんなことを予想していなかった。剰《あまつさ》え、話題はあの世ならぬこの世のこと、就中《なかんずく》、最も現世的な恋愛論で盛り上がっていたのである。各自の体験談、武勇伝（?）、片思いの話、フった話、フラれた話、果てはめいめいのガールフレンドの写真を白日の下にさらして、真昼の品定めに興ずるという踏みはずし方。Aくんにはしかし、くやしいことに、詮索好きな同級生Cくんにしつこく催促されても、披露すべき写真がなかった。CやらDやらEやら、どこか躁狂じみた多幸感《ユーフォリア》を放散して浮かれ騒ぐ面々を横目で見ながら、今学期の生活目標の筆頭は〈恋人獲得〉と、心ひそかに誓ったものだ。

「南家は？　南家にはガールフレンド、いるだろう？　いないはずないよ。なんたって、美大志望なんだから！」

いよいよ昂《たか》ぶり放題のCくんが妙な因果関係を振り回しながら煽動して、全員がNくんに写真を見せろと迫った。Nくんは柳に風とすんなり受け流した。

「好きな子はいるけど、写真は持ってない」

「もらってないんだな？――ってことは、片思いか。なんだ、つまらん！　一方通行、最低《サイテー》！」

　Cくんは騒がしく落胆して見せた。

「情けない！　恋愛は芸術だよ、君。女ひとりぐらいつかまえて真剣にやっとけよ。片思いだなんて！」

「片思いじゃない」

　Nくんは、皆がちょっと鼻白んでしまうほどきまじめに、Cくんの饒舌《じょうぜつ》をさえぎった。

「写真がないというだけだ。そんなもの必要ないんだ。いつだって好きな時に、はっきり思い出すことができるんだから。ここで」

と、心臓のちょうど真上あたりに手を当てた。

「うへー、キザ男！」

「さすが美大志望だ」

　どっと起こった笑い声にポプラ若葉も震憾《しんかん》する。陽炎燃《かげろう》ゆる1950年代《フィフティーズ》初頭の青春牧場で、Nくんだけが――とAくんには思えた――きりりと蒼く凍りついていた。

　午後の始業の鐘が鳴り、本や弁当箱を手に皆がてんでに教室へ戻って行く道すがら、CくんがAくんに追いついて、Nは嘘つきだと小声で言った。

「写真がないなんて嘘だ。いつか、ポケットから出してキスをしてまたしまうところを、ちゃんと目撃したよ。もったいぶってるだけさ。でなきゃあ、とても人に見せられないようなブスなんだ」

「美大志望なのにか?」

と、Aくんは茶化した。


Nくんの両親は、一度離婚して数年後にまた復縁したのだという。お母さんは離婚直後に実家で第二子を出産した。その子が生れつき虚弱であった上に、精神《あたま》の方も少々薄弱らしいことが二歳頃になってわかり、母子家庭で養うのはやはり大変だというので、親族と弁護士が総力を上げて元の夫の懐柔に励み、数年がかりでやっとこさ復縁にこぎつけたのだそうだ。再び一家揃って暮らすようになったとはいえ、自由意志というよりは外圧によって強引にヨリを戻された態《てい》のお父さんは、ほとんど家に居つかなくなった。たまに在宅している日は、飲めない酒を無理に飲んで、お母さんや女中さん相手に酔いつぶれるまでネチネチと叱言《こごと》を言った。経済的安定と引き換えに、根暗《ねクラ》な亭主と特殊児童を一手に面倒みることになったお母さんは、鬱陶《うっとう》しい家庭環境が長男の人格形成に悪影響を及ぼすのではと深刻に憂えた。そのためNくんは、中学から、わざわざ遠く離れた県外の学校を受験させられ、開校したばかりの鶴島学院に、第一期寄宿生として入学したのだった。

Ａくんとは入学当初からの友達である。中等部の三年間と高等部の一年を通じて、ずっと同じクラスだった。高二になってからは寮でも同室になった。鶴島学院には、ペテロ、パウロ、ヨハネ、ルカと、キリストの使徒の名に因む四つの寮があって、ＡくんとＮくんが寄宿するのは、敷地の北の辺境に位置するヨハネ寮だった。ふたりの部屋は更に北極に近く、気候は年間を通じて岩手県盛岡市とほぼ同じと言われていた。角部屋だから窓が二つあるのは構わないとしても、一つは孟宗竹の集団がワサワサとガラスに押し寄せているので、恐ろしくて開ける気になれない。今一つは、窓下に畳三枚敷きほどの地面を残して、切り立つような断崖絶壁の上に開いた。

この吹きさらし三畳のつましい土壌に、いつ誰が植えたものか、うら若い桜の一樹がひっそりと根づいていた。年ごとの風雪に耐えながら、季節が来ると、あるかなきかの新芽を居候《いそうろう》の三杯めよりもそっと出し、花時になれば、スズメの簪《かんざし》になるくらいのささやかな一重咲きを、誰に見せるともなくポツポツと飾った。極寒の地に生育するためか、学院内の他の桜が皆散って葉桜になっても、この木ばかりはぐずぐずと遅くまで咲き残っていた。（無論、開花するのも一番ビリッケツだった。）

牧場の恋愛談義から幾日も経たぬある日、Ａくんはみずみずしい朝風に顔を撫《な》でられて目を覚ました。徹夜勉強の末、机にかじりついて寝てしまったようだ。見ると、Ｎくんも起きていた。高い窓を両開きにあけ放し（孟宗竹の方ではない）、窓敷居に倚《よ》って外を眺めている。しとしと降りの雨も明け方には上がったらしい。Aくんは欠伸《あくび》まじりにおはようと挨拶し、自分も窓際に行って深呼吸した。

断崖絶壁だけあって眺望は素晴らしい。眼下に広がる町はうっすらと朝靄におおわれているが、その果てに鮮やかな海が見える。雲と見まがう青い島山《しまやま》が、やがて空に溶け込む。霞《かすみ》たなびく四月の無限空間《インフィニティ》！

What a splendid view《アア・ゼッケイカナ》! と感嘆してルームメイトの賛同を求めようとした時、Nくんが景色を愛《め》でているのではないことに気がついた。友人がさもいとおしげに打ち眺めていたのは、例の繊弱《ひわや》かな日陰の桜であった。

「へえ、いつの間にこんなに伸びたんだろう？　もう少しで窓に届きそうじゃないか」

Aくんのこの発言を合図《キュー》と心得たか、Nくんはやおら身を乗り出して腕をいっぱいに伸ばし、細々とわななく枝の先をかろうじてとらえた。夜半《よわ》の雨を含んで心持ち淡紅色《うすべにいろ》に、うつむきかげんに咲いた花から、おびただしい雫《しずく》が降った。

「こんなのが似合うんだ」

手や袖がしとどに濡れるのも厭《いと》わず、花を引き寄せながら、Nくんが言った。

「こういう色――なんて言うんだっけ？　そら、あれ。先週、古文の授業で教生が余興にやってたろう？　牛若丸の衣装がなんとかって」

『沙那王《しゃなおう》が出で立ちは、肌には薄花桜のひとへ』って、あれ？」

「そう、うすはなざくら！」

Nくんは嬉しそうにうなずいた。

「似合うよ、きっと。着せてみたいな」

おやおや、とAくんは内心ニンマリ。朝も早よからガールフレンドの夢でも見て起きたのかな？　自分好みの衣装を着せたいなんて、美大志望のNくんならではのことだ。

その時、みしりと不吉な音がした。Nくんは驚いて引く手を離したが間に合わず、幹の方へなよやかにしなるかと見えた嫩枝《わかえだ》は、虫食いでもあったのか、真中あたりであっけなく折れて、折れた所の樹皮《かわ》一枚で宙ぶらりんにぶら下がった。それでなくても儚《はかな》い花弁を、雨滴もろと

も一斉に散りこぼしながら。
その光景が長いこと忘れられなかった、とAくんは言う。春は曙、雨上がり、無残に散華《さんげ》した中折れ桜と、露にまみれて悄然《しょうぜん》と立ちすくむNくんと。

Aくんは Nくんのスケッチブックをのぞいたことがある。明日からゴールデン・ウィークに入り、寮生たちが蜘蛛《くも》の子を散らすように帰省してしまう時分であった。Nくんは、家族に病人が出て危篤だというので、一日早びけして昨日のうちに実家へ帰っていた。よほど慌てて発ったとみえ、机の上がいつものNくんに似合わぬ散らかりようで、スケッチブックもコンテもそこらに放りっぱなしだった。かたづけてやろうとしたついでに、パラパラとめくってみたのである。めくるほどに、Aくんは目が離せなくなった。久しく体感したことのないときめきを覚え、ひたすら陶然と頁《ページ》を繰った。
描いてあるのは人物ばかりで、モデルは全部同じ人であるらしい。正面、横顔、斜め約三十度、後ろ姿、立位、座位、横臥位。角度《アングル》と姿勢《ポーズ》は様々だが、いずれも丈なす艶髪《つやがみ》を肩から胸にすらりと垂らし、蝉《せみ》の羽のような薄物をまとった可憐な少女の淡彩画である。体の輪郭など奥床しくぼかしてあるところが、ときめきっぱなしのAくんの目には、むしろ誘惑的であった。（即ち、華奢《きゃしゃ》な骨組みや麗しい肌色や、薄々と優しげに整った肉づきなどが、羽衣透《はごろも》かしに照り映えんばかりの秀逸な筆触《タッチ》で表現されていたのだ。）

ボディラインの曖昧さを補うかのように、顔はこまやかな陰影や睫毛《まつげ》一本に至るまで、丹精こめて描かれていた。どの顔も白い花のようだ。あるいは水の精のようだ。紅《くれない》ほのかに匂う唇に、妖しくも天真な笑みをたたえ、水泡《みなわ》に乗って漂う花――Aくんは、ほっと溜息をついた。写真なんか要らない、と言ったNくんの、清冽な眼差《まなざ》しが思い出された。「ここで」と自分の心臓を指した時の真剣な声も。あれは本当だったんだ、と深く納得した。だって、この髪は――と、画紙の上のつややかない髪に、そっと指を滑らせた。その手で触れたことがあるのでなければ、とてもこんなふうには描けやしない！

頭の中に、先日の授業で気鋭の教育実習生がこまごまと解説してくれた古典の情景が浮かんだ。花時のうららかな日差しに映えて、紫に緑に匂う烏羽玉《ぬばたま》の糸。そよ風が柳の枝に優しくからめて引き止める髪。朧夜《おぼろよ》には「掻《か》ひ撫《な》づる」手の中でしっとりと潤いがちに、月魄《つきしろ》の枕辺に海松房《みるふさ》の如く乱れて、「きぬぎぬのわかれ」をつらくする髪だ。

普段はもの静かだが、どこやら一途に凜烈《はげ》しいところもある芸術家肌のNくんと、春草のようにたおやかな乙女のみずみずしい恋絵巻などが想像されて、Aくんは勝手に胸を熱くした。

〈姫君〉つもる間もあらばこそ、触れるそばからたちまち消へてしまふといふのに、春の雪はなぜ降るのでせう？

〔絵師〕触れた後にたとへはかなく消え果つるとも、触れたきものがあるのでございませう）

Aくんの心は敬虔な賛美の念に満たされた。見分けるというよりは、むしろ嗅ぎ分けると言った方がいいような、あるかなきかの色翳《ニュアンス》を感受する人々がいるのだ。それも、愛によって。Nくんはそのひとりなのだ。どんなにかこの少女をいつくしんでいることだろう。きっと聖母《マドンナ》を崇拝するように、敬い、大切に思っているに違いない。Cなんぞの俗眼に汚されたくないと思うのも道理だ。ナントカの厨子《ずし》のご開帳だって、数年に一回きりというではないか。

ゴールデン・ウィークが終わって学院に戻った時、AくんはNくんが凄《すさ》まじく面変《おもが》わりしていることに愕然とした。日頃よりいっそう蒼ざめ澄み果てて、頬のあたりなど刃物で美しく削《そ》いだようである。休みの間に体でもこわしたのかと尋ねると、いや、葬式が一つあったから、と言葉少なに答えて、ふっと向こうへ行ってしまった。そしてその日が暮れないうちに、行きて帰らぬ人となった。

落命後のNくんに初めて会ったのは、犬のポリーである。イエズス会から受け継いだフランス産の牧羊犬で、幽霊じみた白い巨体で夜な夜なパトロールに出る習慣だった。（それで、「巡査《ポリースコンスタブル》」を略してポリーと名がついた。）巡回途上、月下のポプラ牧場で手首を切って徒《いたず》らになったNくんに出くわし、こんな所で死んでは風邪をひくと判断したポリーは、つついたりなめ回したり踵《かかと》を咬んだり、犬にできることは万策尽くしてみた。だが、何事も起こらなかった。業を煮やし、月に向かって助っ人を呼んだ。その声で守衛さんや寮生が目を覚まし、何だどうしたと騒ぎになって、やがて牧場のはずれの菫《すみれ》の群落に、紫冷《ひ》ゆる若き屍《かばね》が発見された。

Aくんは担任の先生から、Nくんの遺品をまとめるように言いつかった。教科書、文房具、イーゼルや絵具箱始め画材一式、衣類等々。スケッチブックの閉じ紐を結びながら、絵の人が気の毒でたまらなくなった。悲しいニュースではあるけれど、どうにかして連絡をつけ、報せてあげた方がいいのではないか?

Nくん宛の手紙類の封筒をざっと調べたが、それらしい差出人は見当たらなかった。女名前のが一通だけあったので、この際と信書の掟を破って読んでみた。しかし、誰それに学院の入学案内を送ってもらってありがとうというお礼が書いてあるだけで、あとは、お父様お母様によろしく、あちらでは命取りの風邪がはやっているそうだから皆様気をつけて、あなたも体をお大事にというありきたりの文面だった。

さて、長田少年こと校医さんが直接に関わったのはここだけである。遺品の整理を手伝っていた。受持ちの書籍文具一山の中に、Nくんの日記帳があった。ひょっとしたらガールフレンドの連絡先がわかるかもしれないとAくんが言うので、二人で代るがわる目を通した。果たして日記には、Nくんの並々ならぬ恋心が、あるいは清らかに燃える炎のような、あるいは星の速さで輝きつつほとばしる流れのような、ひたむきな文章で綴られていた。だが、そんなにも深く愛した人の、住所はおろか本名さえ記していなかった。〈R〉という頭文字で呼びかけているだけで。

遺品整理人たちは、あきらめて作業を続けた。まだ衣類が若干残っていた。長田少年が、Nくんの制服の上着にブラシをかけてたたもうとした時、胸ポケットに一葉のスナップショットが入っているのを見つけた。これはどうする、とAくんを呼んだ。Aくんは穴のあくほど写真を見つめていたが、やがてなぜか内緒話でもするような声で、それは誰かときいた。

「わかんないよ。ああ、裏に何か書いてある。『南家令司郎《なんけりょうしろう》、＊月＊日、十三歳の誕生日に』。苗字が同じだから弟じゃないか？　特殊養護学校に行ってるとか行ってないとか、Cの奴が噂してた――」

Aくんはしばらく無言《だんまり》であった。それから、何事か念《おも》うところあった様子で、せっかくきちんとまとめて箱に詰めた遺品を決然とひっくり返し、いくつかある画帳の中から表紙が風信子青《ヒヤシンスブルー》の一冊を探し出すと、日記と一緒にがっちり抱え込んだ。

「これは僕がもらっとく。形見だ」

「そんなムチャな。一旦は全部親元へ返さないと」

「ムチャでもなんでもいい。南家だっていやとは言わないはずだ。同級で同室で部活も同じで、今学期は席だって隣どうしだったんだから」

遺族の心情を慮った長田少年は、なおしばらく説得を試みたが、Aくんは頑として譲らなかった。


「Aがそのスケッチブックの中を見せてくれたのは、それから二月《ふたつき》ほど経ってからだった。南家くんの告別式もすんで、事件のほとぼりが冷めてきた頃に」

校医さんはコーヒーに砂糖を一すくい足して匙《さじ》でかき回しながら、静かに話を結びかけていた。匙の回転がふと止まる。しんみりと、夢みるような呟きが洩れた。

「きれいだったよ、ほんとうに。雨上がりの桜の花のような……」

絵の人物のことを言ったのだろうか？　それとも——

「小降りになってきたみたいだね。往診の途中だから、お先に失礼する。コーヒーは僕のおごりだ」

長田先生は往診鞄をつかんでそそくさと勘定をすませ、足早にギャラリーを出て行った。

ごちそうさまですとお礼を言う暇もなかった。

私は突然ひとりにされて所在なく――結局、〈自殺の名所〉はわからずじまいだ――冷えてまずくなった飲物にミルク壺の中身をすっかり空《あ》けて、ぐるぐる混ぜっ返した。ほとんど乳白色になった陶碗《カップ》の水面を、スコットランドの千里眼よろしく睨みつけ、念力で五十年代の様相を幻視できないかと一心に努めた。学院のレオナルド、畢生《ひっせい》のスケッチ。小鳥をかくまうように、胸の奥深く大切にしまった写真。優しい鼓動で絶えず語りかけたのは？　思い続けたのは？　その心臓の幽《かそ》けき終《つい》の一搏《う》ちまで。

水の上に二つの俤《イメージ》が浮かび上がった。小さな渦に巻かれて影と影がゆるやかに寄り添い、寸分の狂いもなくひたと重なり、五弁の淡雪にほのぼのと紅《くれない》匂う一輪の花と化して、ほろりと崩れた。

アダムと蛇

嫩《わか》いアダムは泉のほとりで見知らぬ男に遭《あ》った。それが男であろうというのは、確信したわけではない。自分の姿によく似ていたから、そう思ったまでである。ずっと以前、父なる神に、

「私は何なのですか?」

と、いささか間の抜けた質問をした時、神は憐れみに満ちた眼差しでアダムを深く慈《いつく》しみ、

「おまえは人間《マン》だよ」

と囁かれた。更に、

「あまり自分の素性を詮索しないがいい。夜、眠れなくなるから」

とも。

眠れなくなる! アダムはつぶらに双眸《ひとみ》を張った。常春の園にも、暮らしてみればやはりささやかな不都合がある。自分の可憐な頭脳では解決のつかない問題にぶつかることもある。けれど、不眠症にだけは悩んだことがなかったのである。

アダムは未知の男に尋ねた。

「あなたの名前は?」

「蛇《サーペント》」

男はアダムと違って服装《みなり》がよかった。少なくとも、素裸ではないように見えた。銀箔《ぎんぱく》を薄々と重ねた優美な鎧《よろい》のような、服だか皮膚だかをしっくり纏《まと》っていた。樹にもたれ、く

つろいだ風情で片膝を立てて膝頭に肘を支えている。輝く萼《うてな》のような手の甲はこまやかに鱗粉《りんぷん》を被《かむ》り、そこから植物めいた白金《プラチナ》色の指がほっそり垂《しだ》れている。(尤もアダムはplatinum《プラチナ》の何たるかを知らない。楽園《パラダイス》の必修科目は農耕と園芸であり、鉱物学は選択である。)指の数はきちんと五本揃っていて、アダムはなぜかほっとした。

「星《スター》と呼ばれた時代もある。好きなように呼んでいい。でも、一番ましなのは、呼んだりなんかしないことだ」

そう言われては呼びかけることもならず、アダムは慎ましい好奇心をひたすら眼に込めた。男は欠伸《あくび》をした。

「君はいつもそんな格好で暮らしているのか?」

「はい」

「どうしてまた?」

アダムは鶸《ひわ》のように首を一方にかしげ、思案した。

「主がこれを善《よ》しとされるからです」

男は――いや、蛇《サーペント》は、あるいは星《スター》は――かすかにフンと鼻を鳴らした。アダムはほんのり顔の紅《あか》らむのを覚えた。園のはずれに棲む兎《うさぎ》だとか、時おり泉へ喉を潤しに来る鹿たちには充分な回答でも、蛇や星を満足させることはできないらしい。そこで、ダメ押しに言い添えた。

「主は私のこの姿を最も清純《きよ》いとされるからです」

「清いかどうか知らないが、安上がりなことはたしかだ。切ったり縫ったり、たたみジワを伸《の》したりする手間がいらないしね」

「あなたの皮膚にはそんな手入れがいるんですか？」

「とんでもない！　脱皮の時、ちょっとばかり体をくねらせるだけさ」

「脱皮とは？」

「古く固く干乾《ひから》びた自己を脱ぎ捨てること」

「抜殻《ぬけがら》はどうするんです？」

「君にやるよ」

蛇はしなやかに腕を伸ばすと、アダムの髪を一房、人差し指に巻いてツイと引いた。楽園には棘《とげ》のある植物がない。野茨《のばら》の花さえ、すべらかな柔和《やさ》しい緑の茎に咲く。アダムの鳶色《とびいろ》の巻毛は、イガだらけの藪《やぶ》にもつれたこともなければ、尖った小枝にからまったこともない。引っ張られて痛い思いをするなど初めてであった。

アダムの茫然《ぼうぜん》たる風情は蛇の微笑を誘った。

「そんな顔をするな。不幸にできなくなる」

意味をまったく解さぬまま、アダムは巧みに新語を模倣した。

「私を〈不幸〉にするのですか？」

「したくないね」

微笑む蛇はなるほど星に似ている、とアダムは思った。


アダムが蛇に親しむにつれて、他の生き物とは疎遠になった。蛇の顔は人《マン》の顔であったが、自分とは異なる素材で造形してあるように見えた。雪や海霧《うみぎり》、蒼ざめた淡紅色《ばらいろ》の光を反射《かえ》す極地の氷などを見たことがなかったので、比較の対象として心に浮かぶのは、せいぜい夜露、月明かり、少しうなだれて咲く白い花、陽が昇る前の黎明《れいめい》の青などであった。

アダムは覚えたての言葉をもう一度舌に載せてみたいという誘惑に駆られた。珍しい果物を味わうように、今まで知らなかった語の風味と響きを堪能しながら質問を繰り返した。

「あなたは私を不幸にするのですか？」

蛇の答えはやはり幽遠《あえ》かな片笑みであった。

「あなたは夜、眠れなくなるなんてことがありますか？」

「夜は忙しい。眠るひまなんかないんだ」

きっと、またとなく恐ろしいことか、またとなく美しいことをして眠らないのだろうとアダムは想像した。

「君はどこで寝るの?」

「樹の下です」

「この樹?」

「いいえ。僕は暗くなってから、水の近くにいるのは好きじゃない。何かが出てきて、僕を底の方へ引きずり込むかもしれないから。ここではたまに昼寝をするだけです」

「昼間寝るから、夜眠れないんだ」

「そんなことない。ぐっすり眠れますよ——ふだんは。ゆうべは僕の素性を詮索していたから、眼が冴えてしまったんです」

「君の素性?」

「僕の起源」

「泥と塵さ」

アダムは傷ついた。むらなく日焼けした自分の腕や脚をつくづく眺めた。手の甲や指の背はほとんど褐色《かっしょく》だった。手首の内側の皮膚は対照的に白く、血管が青く透き通りながら温かい手のひらに向かっていた。熟した桑の実で昼餉《ひるげ》をすませたために、爪がみんな古血《ふるち》のように憂鬱な臙脂色《えんじいろ》に染まっていた。

蛇はアダムより背が高かった。しかし今は懶惰《ものぐさ》に樹下に寝そべり、打ちしおれて立ち尽くすアダムを斜めに見上げていた。

「ここへ来てすわらないか?」

アダムは勧めに従った。転《まろ》ぶように膝をついた草の床から、ふわりと甘い香気が立った。蛇は草陰に踏みしだかれた菫《すみれ》を摘んで、悼むように香りを嗅いだ。

「ごめんなさい――」

とアダムは詫びた。泥と塵から生まれたものにふさわしい野蛮な行為を働いたような気がした。蛇は物憂《ものう》くかぶりを振った。

「踏んでくれなかったら、咲いていることにさえ気がつかなかった」

アダムは蛇の掌《たなごころ》に鼻をひた寄せ、馥郁《ふくいく》たる紫の精髄を吸い込んでみた。蛇が幾ひらかの花弁をアダムの唇に擦《なす》ると、いとも従順にそれらを食べてしまった。楽園の住人といえども、菫を食することは日常茶飯事ではない。

「毒かもしれないよ」

蛇がきらりと眼をすぼめて言った。

「でも、甘いのに?」

恐れ入った楽天主義である。蛇はアダムを導いて自分の傍らに横たえた。アダムは我が身に添い伏すなめらかな銀の冷えを、傷つけた菫の香に劣らず好もしく思った。蛇がアダムの体温を、寒がりのエバほどに愉《たの》しんでいたかは定かでない。しかし、創られて何日と経たぬ人の子の馨《かぐわ》しい皮膚や髪を、快く感じていたことは確かであろう。

園を守護《まも》る天使たちは、どちらかと言えば退屈していた。ある者は無聊《ぶりょう》に耐えかねてアダムを森陰の洞窟《グロットー》にいざない、最高級天然御影石《みかげいし》の壁を黒板がわりに、なにがしかの教育を施そうとした。レクチャーの間、アダムは講師の端正な縮れ毛や荘厳な鼻柱や、雛罌粟《ひなげし》のようにひらひら赤い口の動きを見ている。一心不乱に見ているので、さぞよく学んだであろうと先生が質問すると、何もわかっていない。天使は立派な翼をすくめ、

「困ったおばかさんだね。主はなぜおまえのような労せず紡《つむ》がざる無駄飯食《ムダメシぐ》いを、放し飼いにしておかれるのか……」

そして、どうにも直しようのない欠陥玩具《おもちゃ》を放りだすように、豪華な天然石の床にアダムをポツネンと置き去りにして、羽づくろいをしながら持ち場に戻って行った。

蛇はアダムに何も教えようとはしなかった。長い指で円グラフ《パイチャート》や等高線を指し示す代わりに、竪琴を爪弾《つまび》いて霊妙《たえ》なる調べを奏で、矢車草の冠を作ってアダムの頭を飾った。あ

る時は詩を口ずさみ、ある時は物語をした。天空の星であった時代に密かに犯した芳蘭《かんば》しい罪を、歌うようなsotto voce《ソットヴォーチェ》で打ち明けた。

「ずっとこうしていたい――いつまでも」

春風そよ吹くエデンの昼下がり、アダムが突然こんなことを言った。蛇はうわの空でアダムにキスをした。

(百万光年の彼方に思いを馳《は》せながら。)

「イツマデモ――イツマデモ――イツイツマデモ――」

森の木霊《こだま》が響き佳《よ》く真似《まね》をした。天国のあらゆる栄華を尻目に自《みずか》ら選んで堕《お》ちた星の、凍《い》てつくような孤独も知らず。

「いつまでも、こうしていましょう」

深まる幸福に瞳を閉じながら、アダムは蛇に寄り添った。

エバはアダムの似て非なる伴侶であった。赤く波打

つ髪は豊かで、途方もない温気《うんき》に満ち、アダムの嫌いな果実や花の匂いを孕《はら》んでいた。芳香が耐えがたくなるとアダムは泉へ逃げた。泉のほとりで蛇のことを考えた。清《さや》かな青銀の衣に触れて、人の身の無益な熱《ほて》りを鎮めたいと願った。

神が来臨《こら》れてアダムの近況を尋ねられた。

「蛇に遭いました」

「ここに棲む蛇かね？」

「そうだと思います。よそから来たなんて考えられません」

園の周りは空気も水もない常闇の世界であるとアダムは教わっていた。

「どんな姿だった？」

「時おり主の御使《みつか》いが園に降《くだ》られます。あの方たちをもっと淋しく、もっと優しく、もっと美しくしたような者でした」

「何か話をしたかね？」

「はい」

「どんな話を？」

アダムは蛇の語った諸々のエピソードを思い出そうとした。しかし当座の記憶にあるのは、いつか蛇が即興で詠《よ》んだ詩の断片のみであった。アダムは直立して天を仰ぎ、あどけない抑揚で諳《そら》んじた。

「
あなたはわたしの手に悦《よろこ》びの葡萄の房を置く
わたしはこれを搾ってたぐいなき酒を醸《かも》そう
唇も指先も愛のむらさきに染めて
いとしい者の眠りを彩り、薫らそう――
」

神はふっさりと眉を寄せて、駄作だ、と評された。

「私を不幸にしたくないと言いました」

神は嘆息された。

「それは私も同じだ」

そして、いつもより鬱々《うつうつ》とした足取りで園を去って行かれた。失楽の日程を少し早めなければ、と独《ひと》りごちながら。

天使礼詞

サリュタシオンアンジェリーク

「古井戸や駄作投げ込む水の音」という一句を書き置いて、作家志望の摺墨《するすみ》が失踪した。書き置きが見つかった時は、もしや辞世の句ではないかと家人が気を回して、慌ただしく裏庭の井戸浚《さら》いまで始めたのだが、ドロドロにふやけた原稿用紙の塊が変わり果てた姿で浚渫《しゅんせつ》されたのみで、土佐衛門《ドザエモン》は一体も上がらなかった。

井戸浚いには、夏休みのこととて、隣家の私も否応なく狩り出された。摺墨とは学校こそ違え、休暇で帰省するたびに旧交を温めあう幼なじみだったからである。二階の私の部屋の窓から、百日紅《さるすべり》の大樹を隔てて摺墨家の土蔵の明かり取りが見える。子供の頃、摺墨が悪さをしてお仕置きにしばらく閉じ込められると、程なく険岨《けんそ》な階段をよじ昇って来て、中二階の明かり格子《ごうし》から手招きしたものだ。そこへ私が、ハーシー・チョコレートやキャラメルを入れた袋を竹竿《たけざお》の先にくくりつけ、紅《あか》い花梢《はなうら》越しに差し入れてやったりした。

土蔵の裏手には、白壁沿いに甃《いしだたみ》がまっすぐ通っていて、七月になると、両側に咲き並んだ狐手袋《ジギタリス》や立葵《たちあおい》が、観兵式のように華やかな二列縦隊で迎えてくれる。右や左に敬礼を返しながらおもむろに背戸へ回って行くと、浚渫作業はたけなわであった。摺墨の双生児《ふたご》の妹で、同年の兄よりはるかに男らしい禎子《ていこ》ちゃんも、伸び放題の夏草に膝まで埋もれて、五種競技で鍛えた筋肉を隆々と誇りながら釣瓶《つるべ》を上げ下げしていた。私はと言えば、まさかあの茫洋たる摺墨が、自分のことを人生の駄作だと看破するほど達観していたとも思わない。身投げなんかしているものかと一人決めして、程々に手伝うふりをしていたら、

「蘭珠《らんじゅ》くん、もっと真剣にやってくれたまえ！」

と、摺墨の兄さんに叱咤された。

「すみません」

「それにしても、弟はどうして家出なんか。君、何か心当たりはないかい？　休みで戻ってからは、毎日クリストファー・ロビンの散歩につき合っていたんだろう？」

友達がいに注釈しておくと、このクリストファー・ロビンというのは摺墨ではなく、その愛犬である。私は中学から親元を離れて県庁所在地にある寄宿学校に入った。私が出て行くのとちょうど入れ違いくらいに、摺墨家にこの長毛の大型犬が来た。初めて紹介された時は、頗《すこぶ》る愛想の悪いゴールデン・リトリーバーだとばかり思っていたのだが、後日聞くと、アイディとかいう全然別の犬種とのことだった。モロッコ原産の牧畜犬ないし番犬で、極めて警戒心が強く勇猛な性質であるとか。母国では軍用犬に仕込まれることもあり、モロッコから門外不出の稀少な犬なのだと飼い主はさもだいじらしくつけ加えた。門外不出の犬がなぜ日本で飼われているのか、問い詰めたい気持ちは山々であったが、この種のおマヌケは摺墨に典型的な抜け方なので、ああまたかと思って追及もしなかった。

「作品をどこかの出版社へ送って、突き返されたのじゃありませんか？」

「いや、そんな日常茶飯事が原因で家出などするとは思えない。何かもっと大変な理由があるはずだ」

摺墨の家系には、未婚男子が芸術家を志しては判で押したように挫折して実業に転じ、産業経済分野で思いもよらぬ成功を収めるという伝統がある。家出した摺墨の報われぬ文学志向も、そうした逃れがたい遺伝の賜物であろう。摺墨の曾祖父は絵描きになるのが夢で、パリの画塾に十二年通いつめた。画才はともかく語学力には恵まれていたので、間もなく並みのフランス人より余程ペラペラになり、滞仏五年目にもなると自分でも何かこの国に生まれ育ったような気がしてきて、大戦が始まるや否や空軍を志願した。入隊は断わられたが義勇の炎《ほむら》鎮めがたく、せめてもと航空ショーの一座に加わって曲芸飛行を覚え、〈切りもみジャック〉と異名をとったとか、とらなかったとか。

十三年目にして遂に絵筆を折り、師匠のお嬢さんを唯一のパリ土産に素寒貧《すかんぴん》で帰朝したと聞く。が、その後は航空機の部品等を商って着実に財を成し、息子がシェイクスピア俳優になると言って英国へ留学した時も、父に倣って潔く挫折するまで、惜しみなく仕送りを空費してやることができた。

そういう一過性の芸術家気質《かたぎ》の為せる業か、摺墨一族にはまた、若い男が、あたら青春時代の貴重な数年間を、世間と一切没交渉で過ごすという傾向があった。所謂〈引きこもり〉である。しかし一般庶民のそれと違って、摺墨家の流儀では、引きこもる者の生活や健康に支障をきたさぬよう、女中さんや魔法壜《まほうびん》を連れて準備万端整えた上で引きこもることになっている。引きこもり場所は、離れの茶室であったり、土蔵の二階であったり、キャンプに最適な柿畑の一隅であったりと様々だが、財政が許せば、近所の山に打ち棄てられたお社《やしろ》や荒れ寺を修復して、風情ある侘び住まいを楽しむことも可能だ。

パリジェンヌを母に持つ沙翁《シェイクスピア》くずれの摺墨氏なども、生粋の倭男児《やまとをのこ》には真似のできないエキゾチックな引きこもり方をした。親族内の英霊を祀るために檜皮葺《ひわだぶ》きの社殿を新造すべき用地に、アダム様式の柱廊玄関と色玻璃《いろガラス》入り扇形窓《ファンライト》を備えた瀟洒《しょうしゃ》な別荘《ヴィラ》を建立し、寝室兼居間の片隅に祭壇めいたものを作って聖母像を置き、〈礼拝堂《チャペル》〉と呼んで二年ほど滞在したのである。壁は江田島の旧海軍兵学校の大講堂と同じ、倉橋島の花崗岩を切り出して組んだ。剰《あまつさ》え、イタリアはカラーラ産白大理石《ビアンコ》の炉 棚《マントルピース》のついた壮大な暖炉を加えて冬季の引きこもりに備えた。

明治維新この方、摺墨家代々の引きこもり人たちは、戦時中を除けば、外国語は全て欧米の由緒ある大学出身者について個人指導で学んだ。小倉袴《こくらばかま》できりりしゃんと立つ桔梗《ききょう》のような爽姿《そうし》を銀版写真《ダゲレオタイプ》に残した摺墨のお祖父《じい》さんも、「閑林独座草庵暁《かんりんどくざしてそうあんのあかつき》」などと朗詠する傍ら、エミリ・ブロンテやヘンリ・ジェイムズをよどみなく原文で読めたことから、閑林どころか、わざと葉ずれのやかましい喬木《きょうぼく》を選んで〈チャペル〉周辺に植え、荒涼たる騒音効果を上げながら、終日《ひねもす》『嵐が丘』や『捻子《ねじ》の回転』を読んで引きこもったという。〈チャペル〉は険呑《けんのん》な吹きさらしの高台にあるため、夏でもベラボーに涼しい。クリストファー・ロビンの朝夕の散歩の折り返し地点が、この白亜のおこもり堂なのである。

「僕思うに、馨《かおる》くんにも、そろそろ例の遺伝が発顕したんじゃないでしょうか?」

懸命に釣瓶をたぐる兄さんに私見を述べてみた。

「例のって、引きこもりの? ちと時期尚早に思えるがなあ。俺だってまだなんだよ。普通は大学に入って卒業するまでの間に出るものなんだ。学問や恋愛や就職活動に失敗したりするのを契機として」

「人知れず早熟なところがあったのかもしれませんよ」

兄さんは合点がゆかない様子で頭を振っていた。

「それはそうと、君、明日からも続けて犬の散歩を引き受けてくれないか。俺はマッピラだ。こないだ、ドラムスティックを骨代わりにしているのを取り返そうとして咬みつかれてから、犬猿の仲なんだ。禎子はインターハイに向けての強化合宿に行くしね。蘭珠くん、頼んだよ。アルバイト料は出すからね」

それから一時間ほど浚いに浚って、これ以上何も出ないと見切りをつけた兄さんは、シャワーを浴びる暇も惜しんで、泥だらけのまま最寄りの交番へ弟の失踪を届けに行った。


私は禎子ちゃんに勧められて、おやつを相伴することにした。葡萄棚《ぶどうだな》が緑の広葉を重ねて午後の陽をさえぎっている縁側に、冷やした真桑瓜《まくわうり》や赤西瓜《あかスイカ》黄西瓜《きスイカ》を満載した盆が並んでいた。

「これ、かける?」

　禎子ちゃんが銀製の塩入れを指差した。

「いや、いいよ。ありがとう」

「あたしはかける。あれだけ大汗かいたんだから、水だけじゃなく塩分も補給しないとね」

と、スイカの大切れにパッパと振りかけて、うまそうにシャブりついた。

　私は沓脱石《くつぬぎいし》の上に投げ出された黄金の脚を、横目でつくづく嘆賞した。禎子ちゃんは私の初恋の人である。一緒に小学校へ通っていた頃、彼女は掛け値なしの手弱女《たおやめ》であった。二本のお下げ髪に蝶々のようなリボンを結び、背負った小さな

ランドセルさえ重たげに見えて、同学年の男子の間では「守ってあげたい人」ナンバー1《ワン》であった。摺墨にとっては目の中に入れても痛くない妹で、絶えずまつわりついて余計な世話を焼いていた。リボンが曲がっているといっては結び直してやり、弁当箱が重かろうといっては半分食ってやり、妹の組が運動場で体操なんかしていると、こちらは授業中でも窓辺にかじりつき、「ていこちゃん、がんばれ!」と声援を送ったりした。

過保護な兄が始終ひっついているので、禎子ちゃんと二人きりになる機会はほとんどなかったが、一度だけ、春休みにチャンスが訪れた。摺墨が扁桃腺《へんとうせん》を腫《は》らして寝ついてくれたすきに、禎子ちゃんを郊外のレンゲ田へ誘い出し、日がな一日、花の冠や首飾りをこしらえて捧げたのである。帰り道は、「かおるちゃんへのおみまい」に摘んだ花束のように、しんなりとくたびれて淡紅色《ばらいろ》の禎子ちゃんを自転車の後ろに乗せ、夕日に向かって突っ走ったものだ。

しかし、六年生の夏休みに事情が一変した。禎子ちゃんは、主に虚弱な児童の体力増強を図るため、タスマニアの海岸沖に停泊した帆船の上で生活するという特殊サマー・キャンプに参加した。九月に帰国した時には、本物の海賊のように雄々しく日焼け潮焼けして、船乗り言葉も勇ましい天晴《あっぱれ》な女傑になっていた。その後もめきめきとパワーを上げ、胆力と共に筋肉もつけ、高校に上がってからは女子サッカー部主将と陸上部の花形選手を兼任するなど、体力増強は止《とど》まるところを知らない。守ってあげるどころか、今や馨と私が揃って心から頼りきっている存在である。

「天羽《あもう》くん」

禎子ちゃんは二つめのスイカに手を伸ばしながら、あらたまった調子で呼びかけた。昔はランジュランジュと鈴虫のような声で甘えてくれたのにと思うと、少し淋しい。

「はい」

「馨ってば、本当に黙ってどこかへ引きこもっちゃったと思う？」

「さあ――？」

「さっき、捷兄《はやし》さんに、そんなこと言ってたじゃないの」

「あれは思いつきだよ。根拠はないいんだ」

「きのうの散歩の時は、どんなふうだった？」

「いつもと変わりない。六時ごろ木戸の前で落ち合って、溜池の側の道から上って行って、〈チャペル〉で休憩してクリストファー・ロビンに水を飲ませた。普段どおりだよ」

禎子ちゃんは、しばらく黙ってスイカを噛《かじ》っていた。やがて、

「あなたたち、学期中もずっと連絡取っていたんでしょう？」

と、思案顔で尋ねた。手紙のやりとりはしていた、と私は答えた。摺墨は滅法《めっぽう》きれいな字を書き、名前も馨と性別不明なので、郷里の恋人からラブレターが届くと寮中の評判になって、えらく冷やかされた。

「あたし、馨のことはもう理解できないの。正直言って、ここ何年か、ずっとそうなの。小学校の頃はわかっているつもりだったんだけど。タスマニアへ行った年に、一夏まるまる目を離したのがいけなかったわ。あなたはあなたで中学受験の準備をしてたのよね？」

「うん。E県に行ってた。ヤマかけの得意な親戚のお従姉《ねえ》さんが勉強見てくれたんだ。おかげで合格した」

「夏中、マヌケぶりを矯正してくれる人が誰もいなかったから、抜け放題に抜けて治らなくなったのよ。戻ってみたら、まるで火星人みたいに意志疎通のむずかしい生き物になってたわ」

摺墨の底抜けぶりを理解できる地球人は少ない、と私は慰めた。だが、禎子ちゃんの気分は晴れなかった。スイカの種をプププと撒き散らす動作にも一流運動選手《トップアスリート》の勢いがない。

「置いてきぼりにしなきゃよかった。それまで夏休みを別々に過ごしたことなかったのに。でもあたし、どうしても体力つけたくてね。自分で自分の護身ができるように。あんなイヤな事件の後だったから」

禎子ちゃんの言う「イヤな事件」は六年生の一学期に起こった。その年の四月、眉目秀麗な新卒の体育教師が赴任してきた。当初は親切なお兄さんのようだと人気があったが、やがて妙な噂が立つようになった。鉄棒や水泳の特別指導という名目で居残りさせられた児童が、口にするのも憚られるような行為に及ばれたというのである。数名の父兄が訴え出るに至って、校長先生を筆頭に内部調査が行われたが、当の教師は一向に悪びれる気色もなく、かえって義憤に燃えて熱弁を奮った。当節の小学生は頭でっかちなオタクが多くて運動をしない、逆上がりや背泳ぎが立派にできるようになれば体力も自信もつき、心身共に健全な児童が育つと信じて励まそうとしただけだ、と目に涙まで浮かべて訴えるものだから、これは近来珍しい熱血先生だということになって、事件は沙汰やみになった。

熱血先生は夏休みが終わる前に蒸発してしまった。下宿を捜索したところ、おびただしい数の児童の隠し撮り写真とビデオの類が発見された。その上、幼児向け玩具や、〈Wonderland Club《ワンダーランドクラブ》〉という国際規模のいかがわしい小児愛好者《ペドフィル》団体との繋がりを示唆する証拠物件まで見つかり、学校を上げてどよめいている最中に、一通の告白文が郵送されてきた。曰く、わたくしは教師の立場にありながら大勢の純真な児童に不心得な真似を致しました、この上は、最もつらい刑罰を我が身に課して罪を償う所存でございます、云々。差出人の署名があるばかりで住所も明記してなく、それっきり杳《よう》として行方が知れないので、おそらく良心の呵責に耐えかねて〈遺書〉を書き送り、然る後に自殺でもしたのだろうということに落ち着いた。

「あたしは体育、別の先生だったからよかったけど。馨やあなたの組はたくさん被害者が出たでしょう？　ほら、真間《まま》小児科の手児奈《てこな》ちゃん。自転車屋の小舎人《こどねり》くんなんかも」

「そうだっけ？　もうあんまり覚えてないな。僕なんか、全然大丈夫だったから」

「天羽くんは、お父さんが県警の署長でお母さんが薙刀《なぎなた》の師範《せんせい》だもの。敵も用心したのよ」

翌朝、六時定刻に摺墨家に赴き、旅支度をした禎子ちゃんから犬舎の鍵と引綱を受け取った。ではよろしく、と背中を叩かれて咳き込みながら見送った後、いかにも警戒心旺盛な勇猛犬の態度をとりたがるクリストファー・ロビンに何とか引綱をつけ、木戸をくぐって散歩コースへ連れ出した。ここは一応、摺墨家の私有地なのだが、夏は溜池へ螢《ほたる》見物に来る人々のために、表通りからも通行できるようにしてある。我々散歩者は風流にかまけず、池のほとりを爪先上がりに丘の頂へ続く小道を、ただ営々と辿るのである。

頂上は大型帆船の甲板のような舟状台地で、両端が適度にオーバーハングして船首と船尾に似ていることから、〈軍艦丘《ぐんかんおか》〉と呼ばれている。本物の帆船軍艦ならば船首楼甲板《フォクスルデッキ》に当たる位置に〈チャペル〉が建っている。例のやたらにざわつく木立を背後に控え、虚空に張り出した岩端《いわはな》に、孤独な月見客のようにちんまりと白く座っている。そして、ちょうど主檣《メインマスト》がそびえているであろうあたりに、どういうものか、魁偉《かいい》な三連の屏風岩《びょうぶいわ》が仁王立っていて、前部甲板《フォアデッキ》と後部甲板《プープデッキ》の交通を断然不便にしている。よく見ればささやかな足場があり、岩間には杜松《ねず》や這松《はいまつ》などの手がかりも生えているから、後部甲板へ行くのに垂直登攀《すいちょくとうはん》の練習がしたければ、できないこともない。

居丈高《いたけだか》な屏風の裾に思いがけず可憐なものがある。天然の岩清水を溜めた小さな泉で、今は昔、手弱女時代の禎子ちゃんの発案により私と摺墨で造営したものだ。麓から手頃な平石を運び上げ、注文者のかわいい足が浅い二段の踏み石《ステップ》を降りて水面に達するよう趣向を凝らした。〈妖精の鏡《フェアリーズミラー》〉って呼びましょうよ、と手弱女が言うので、羊歯《しだ》や螢袋《ほたるぶくろ》や露草《つゆくさ》、撫子《なでしこ》、鬼灯《ほおずき》から烏瓜《からすうり》から蛇苺《へびいちご》まで、目につく限りの妖精好みの野草を片端から移植して岸辺をぐるりと飾った。手弱女は手を叩いて喜んでくれた。

「月夜にのぞいたら、会いたい人の顔を見せてくれるわ。未来の恋人とか、結婚相手とか」

水鏡は今、月光でなく朝日にきらめいている。のぞいたって、せいぜいクリストファー・ロビンの仏頂面《ぶっちょうづら》が映っているくらいのものだが、幼年時代の素朴な信仰に動かされたのか、私はなぜともなく跪《ひざまず》いて平石の縁に手をついてみた。水面《みなも》の中ほどに仄白《ほのじろ》い閃きを見たと思ったのは、気のせいだろうか？　睡蓮《すいれん》が水面下で咲くわけはなし、と前かがみになって、きつく目を凝らした。隣にいた犬もつられて身を乗り出し、ついでに遠慮なく喉を潤して水面を乱した。波紋が静まると、鏡の面に白い花影のようなものが浮かび上がり、朧《おぼ》ろな人の顔の形になった。どこか懐かしい顔であった。翳《かげ》りぎみの愁わしい瞳。儚《はかな》く優しく、思わず触れて愛しさを伝えてみたくなるような頬、頤《おとがい》、唇。蝶リボンこそ結んでいないけれど、この葩《はなびら》めいたイメージは、まさしく——

ポチャン！と水音がして顔一面に涼しい水滴《しずく》が跳ねた。見上げると、水辺に高く伸びた沙羅樹《しゃらのき》の二叉枝《ふたまたえだ》に摺墨が掛けて、二輪目の夏椿を投げ込もうと構えているところだった。

摺墨は、派手な格子縞《チェック》のシャツに裾まくりのズボン、しかもそれをベルトでなくサスペンダーで吊っているというくつろぎ方で、軽快に高所から滑り下りてきた。着地すると、尻ポケットから食べかけのハーシー・チョコを出して割り、一つどう？という顔で差し出した。習慣で受け取りかけたが、チョコレートどころではないぞと思い当たり、手を引っこめた。二日二晩、家族や友人に瘠《や》せる思いをさせて、こいつはこんな、トム・ソーヤーかローラの父さんみたいな格好で、樹上生活と洒落《しゃれ》こんでいたのか？先祖たちと違って引きこもり先も知らせず、身勝手にも程がある、ブン殴ってやろうかと固めた拳に、クリストファー・ロビンが先行した。だがこちらは、再会を喜ぶあまり、後足立ちをして飼い主に飛びつき、両前足で思いきりポカスカと胸元を叩いているのであった。摺墨はよしよしと微笑んで愛犬を抱え、小ぶりの堅焼きビスケットのようなものを取り出して与えた。

「乾パンだよ」

と、私には殊更《ことさら》に無邪気を装い、教えてくれとも頼まぬことを教える。何か疚《やま》しいことがある証拠だ。

「干し葡萄《ぶどう》もあるんだ。鰯《サーディン》やコンビーフや、焼き林檎《りんご》の缶詰も」

保存のきく糧食を蓄えているところをみると、やはり引きこもり中なのかと思った。当代の摺墨家には婆やが一人しかいないから、連れてきておさんどんをさせることもできかねるのだろう。黙って怒っている私と目を合わせたくないのか、摺墨はうつむいて犬ばかり撫《な》でている。いつもとかなり様子が違うのは、裾まくりとサスペンダーだけのせいではない。眼鏡をはずしていた。通常は、特に視力が弱いわけでもないくせに、顔の半分近く隠れてしまうほどのゴツい黒縁眼鏡をかけているのだ。心理的覆面効果があるらしく、様々な葛藤から自我を保護するためにこれをかけて、砂の中に頭を突っ込んだ駝鳥《だちょう》のように安心している。覆面を取った今は、八分の一フランス製の鳶色《とびいろ》の長睫毛《ながまつげ》や、すんなりと細く通った鼻筋などが、いかにも繊弱《せんじゃく》で無防備に見えた。説教をするなら今だ。

居所も言わずに引きこもるとは一体どういうつもりか、と、強《し》いて厳しく迫った。

「今更、叱られるわけでもあるまいし。君んちでは男なら誰でも一度はやることなんだから。みんな、すごく心配したんだぞ！　あんなヘボい句を残して家出する奴があるか！」

「へボい句って？」

「君が下駄箱に貼り付けて行ったあれだよ。古井戸や、駄作投げ込む――」

「それ、裏だ」

「裏？」

出がけにそのへんの反故紙《ほごがみ》を破って家人宛の伝言を書き、下駄箱に貼り付けた、どうも裏返しだったようだ、と、摺墨はヌケヌケと説明した。故あって数日外泊するが心配無用、来週の地蔵盆《じぞうぼん》までには戻りますと書いておいた。が、まだ暗いうちに出たので裏表がわからなかった……

「井戸を浚ったら本当に駄作が出たぞ」

「うん。前に書いたのを少しずつ捨てているんだ。Mac Book《マックブック》に入れたのから順番に」

「人騒がせな！　捷《はやし》さんなんか、失踪届けまで出したっていうのに。明日にも山狩りが始まるからな！」

摺墨は眉をひそめて鼻柱をなで、覆面がないことに思い当たった。胸ポケットから黒縁眼鏡を出してかけたが、どうしたのか鼻の上にうまく落ち着かない。ブリッジがこわれていた。摺墨は情けない顔で愛犬を見やった。

「おまえって、ほんとに乱暴だなあ……」

褒められて嬉しいクリストファー・ロビンは、いやそれほどでも、と盛大にシッポを振って謙遜した。飼い主は溜息をついて、山狩りはマズい、と呟いた。

「今は騒がれたくない。なるべく静かな環境で片づけたいものがあるのに。仕方がない、家に帰るよ。マリア様にお花を上げるから、ちょっとだけ待ってくれ」

摺墨は、紫の斑点のある白い螢袋を手折《たお》ると、〈チャペル〉の方へ歩きだした。私も半ば条件反射で、濃い色の斑《ふ》の飛んだ紅紫のを一茎取って後を追った。朝の散歩に来るたびに、聖母像に捧げる新しい花を摘む慣わしだったのである。

石造りの室内は風通しがよく、日盛りにもしんと薄冷えがした。二晩ここに泊まったのはよいとして、一体どこに潜《ひそ》んでいたのだろうかと不審に思った。家具調度はわりに簡素で、身長一七三センチの人間が身を隠せるような物ではない。禎子ちゃんの話では、書き置きが見つかって真っ先に（そして何回も）探しにきたのは、この〈チャペル〉だったそうなのに。摺墨は、いつにない勘のよさを発揮して私の心を読んだ。

「そんなとこにいたんじゃないよ」

（私はちょうどベッドの下をのぞこうとしていた。）

「誰も知らない隠れ場所があるんだ。禎子だって知らない。タスマニアへ行ってる時に、僕ひとりで偶然見つけた。ほら、あそこ——」

摺墨は螢袋の花で北面の壁を指した。象牙色《ぞうげいろ》の釣鐘草《つりがねそう》の揺れる先に、象牙色の暖炉があった。どっしりと物言わぬ静かな大理石の。

「壁が開くんだよ。回転ドアみたいに。炉床の石の一つがスイッチなんだ。奥にちょっとしたワンルームがある。きっと、おじいさんが作らせた秘密の部屋だ。ゴシック小説だの、フランスの古典的ポルノ写真のコレクションだの、色々あったから」

「ポルノ写真をゆっくり鑑賞するために外泊したとでも言うのか?」

石室の中に、高調子の明るすぎる笑い声が反響した。摺墨がこのように声を立てて笑うのは珍しい。やはり異様だ。

「違うよ。言ったじゃないか。片づけたいものがあるんだ。きのう、おといと機会を待ってたんだけど、こんな所でも人目があってね。朝は僕らみたいに犬の散歩に来る人、昼は昆虫採集の子供、夜は夜で、螢見物のカップルがこの辺まで上がってきて、明け方まで語り合っていくんだ。なかなか思うようにならない」

摺墨は、笑いすぎて涙のにじんだ目元を拳で拭おうとした。

「よせ、馨」

私は間一髪でその手を押さえて自分のハンカチを貸した。我ながらびっくりした。これは手弱女の禎子ちゃんから伝染した気配りで、しかしそんなものを配らなくなってからもう随分になるのだ。今頃再発するとは思わなかった。

摺墨の皮膚は、昔からそうなのだが、山桜の花弁か何かのように精緻で脆《もろ》い。ちょっとこすったりつまんだりすると、すぐ赤くなる。本人は平気だと思うのだが、感じやすい妹は、ていこ見ていられない、だって痛そうだもの、と言って、無頓着《むとんちゃく》な兄が蚊を叩くつもりで自分をぴしゃぴしゃ叩いたり、ゴミが入ったと言って乱暴に目をこすったりするのを、「かおるちゃん、よしなさいよ」と、嘆かわしげにたしなめていた。付近に私がいれば加勢を頼まれたので、馨が赤くなろうが白くなろうがどうでもよかったけれど、もっぱら禎子ちゃんの心情を慮って、「よしなさいよ」と声を合わせていた。

摺墨が打ち明けるには、いつもの遊び相手がいなくて退屈な夏休み、〈チャペル〉の冷暗な秘密の部屋へ食料やミネラルウォーターを運び込んで飲み食いに困らないようにして、心静かにお祈りの時を過ごすのを日課にしていたという。

「お祈りの時?」

「そうさ。毎朝苦手な早起きをして、魂が一日で一番、透き通って軽い時刻にここへ来る。そして山上の厳かな神気に浴しつつ、この世でいっとう大切な人のことを考える。大好きなその人が、きょうも健やかで幸せに過ごせますように、お守り下さいとマリア様に祈って、花を摘んで供えお水も取替え、実に清々しい気持ちになる。僕にとっては最高に神聖な時だったんだ。それを、あんな形で邪魔されてしまって」

ふと、摺墨の口調が変わった。見れば、顔つきもどこか違う。水に落ちる花影が突然の薄氷《うすらい》に鎖《とざ》されたように。

「あの朝、尾《つ》けてきたんだ。いつの間にか後ろにいた。この部屋の中に。写真を撮ってやるとか何とか言って」

「誰が? おい、馨、何の話をしてるんだ?」

摺墨の顔から一気に血の気が引いたように思えた。その語り口もまた蒼白の極みだった。

憑《つ》かれたように聖母像を凝視《みつ》めている。いや、むしろ何も見ていないのかもしれない。

「静かにしろと言われたから、叫べなかった。静かにしないと、友達――仲よしの友達を、ひどい目にあわせてやるからって。外国のマフィアに売り飛ばして、二度と家へ帰れないようにしてやるって」

私は言葉もなく立ちすくんだ。何か恐ろしい物語が始まろうとしている。厭《いや》な、忌わしい、聞きたくない物語。しかしやはり、聞かずにはすまされない物語が。

摺墨は、ひどく気持ちの悪いものを拭い去ろうとでもするかのように、手の甲で荒っぽく顔をこすった。今度は間に合わなかった。グイと横拭いにやった口元から右頬にかけて、いきなり打たれたような朱の色がさ走《ばし》った。祭壇の花入れの傍らに、水差しと雪花石膏《アラバスター》の小箱が載っていた。摺墨は、箱の中から白い錠剤を取り出して嚥《の》み下し、震えるような長い息をついた。状況が状況なので不吉な感じがして、今飲んだのは何かと訊く私の声も詰問調になった。

「クスリだよ。危ないものじゃない。ちゃんと処方してもらった抗鬱剤《こううつざい》だ」

「ずっと使っていたのか?」

「二年ばかり。害はないよ」

害はなくても依存症になったらどうする、と私は案じた。そして卑怯にも、頬の赤い筋がなるべく見えないように、摺墨の左側へ移動した。「だって痛そうだもの」と嘆いた手弱女の心が今にしてわかる。親しい者が傷つくのを見た時、きりきりと痛むのはこちらの胸だ。傷ついたことさえ知らずに血を流しているような時は、尚更だ。摺墨は祭壇に寄りかかるようにして話し続けた。

「僕は言ってやった。こんなガランとした部屋の真中では困る。もっと狭いところでないと。僕は空間恐怖症《アゴラフォビア》なんだと嘘をついて、あそこへ誘導した」

私は反射的に暖炉をちらと見た。どことも指示されたわけではなかったのに。

「何かまた変に期待したのか、喜んでついて来たよ。それで僕は、奥の壁にもたれて、しばらくはしたいようにさせておいて、頃合いを見計らってスイッチを押した。とたんに見事なドンデン返し。前のめりに倒れ込んだところを、ちょっと後押ししてめでたしめでたし。あきれるほど簡単だったな。魔女を竈《かまど》に押し込むよりずっと易しかった」

「閉じ込めてから、どうしたんだ？」

「ちょっとの間、哀れっぽく訴えていた。自分は閉所恐怖症だとかなんとか。真似しやがって、その手に乗るもんかと思って、そのまま放っぽって家に帰った」

「帰った――」

「ああ。でも、翌日また来て様子を見といた。声がだいぶ弱っていたな。出してやってもよかったんだけど、出たら出たでまた甘言を弄して親や学校を丸め込み、僕の方を悪者にすることがわかっていたから、念のために一筆書かせておいたよ」

「それがあの――〈遺書〉なのか?」

「そう。ヤツは遺書だなんて考えちゃいなかったけど。やっと出してもらえると思って、どんなことでも書く気になってたんだと思う」

「あっち側からはあけられない?」

「あけられない。ずいぶん試してみたけど。スイッチがあったにしても、壊れてるようなんだ」

「じゃ、君はどうやって、入ってからまた出てきたんだ?」

「いちいち突っかいをして出入りしてる。壁がぴったり閉じてしまわないように、木片《きぎれ》をはさんで。でも、万一閉め込まれても無事に脱出できる方法を考えついた。見せてやるよ」

　摺墨は散る花のように蒼ざめた唇で薄く微笑《わら》った。"Come here!《コイ》"の命令《コマンド》を出すと、玄関に「伏せ」の姿勢で待機していたクリストファー・ロビンが威勢よく飛び込んできた。

"Take your mark《イチニツイテ》"

　犬は炉床をあちこち嗅ぎ回って目当ての石を探し出した。

"Get ready《ヨーイ》……"

　石の上に前足を置く。

"Press!《オセ》"

　大きな犬が全体重を両前足にかけて石を押し下げると、壁はきしりもせずに奥へ開いて真っ黒な矩形《くけい》の闇が口をあけ、生臭い風がさっと吹きつけたかと思うと、次の瞬間にはもう裏返ってぴったり閉まっていた。

「入ってみるかい?」

私は必死で吐き気をこらえてかぶりを振った。

「こんな——こんな暗いところで、どうやって字が書けたんだ?」

「蝋燭《ろうそく》とマッチがあったのさ。ポルノ写真といっしょに。通風はそう悪くないから、閉所恐怖症でさえなければ、ひと月ぐらいは我慢できたはずなんだ」

「そんなに長いこと……入れておいたの?」

「いいや。壁の隙間から書きつけだけこっちへ出してよこさせて、こらしめのために、もう一晩だけそこにいろって言ってやった。そのくらい当然だよ。僕の神聖なお祈りの時をだいなしにして、オッサンの身勝手な劣情でもって児童の尊厳を蹂躙《じゅうりん》したんだから」

「まだそんなに、オッサンという年齢《とし》の人でもなかっただろう……?」

「子供の弱い立場につけ込んであんな醜いことをするヤツらは、オッサンで充分だ。年齢は関係ない。僕は実際、分別と良識のある尊敬すべきおとな以外の成人は、男女を問わず〈オッサン〉の範疇《カテゴリー》の中に掃いて捨てることにしてるんだ」

「そんな塵芥バケツみたいな——」

「塵芥バケツ、結構。それだってもったいないくらいだ。生ゴミにも劣るヤツがいるんだから。野菜クズなら肥料になるけど、あいつなんか撒いてみろ！　土壌が著しく汚染されるだけだ。僕が処分を先延ばしにしてきたのも、一つにはそれが理由なんだ」

「……」

「汚物にも劣る！」

もう一晩、と思っていたが、予期せぬ事態が持ち上がった。その日、留守中にタスマニアの禎子ちゃんから国際電話がかかり、家族はみんな話をしたのに摺墨一人、声を聞くことができなかった。くやしさのあまりヤケになって夕飯を詰め込んでいるうちに腹具合がおかしくなり、猛烈な差し込みが来て遂に昏倒《こんとう》してしまった。虫垂炎《ちゅうすいえん》であった。救急車で病院へ搬送されて直ちに手術を受け、そのまま一週間入院した。囚人のことが気がかりではあったが、飲み水も食べ物もあるからと楽観して自分の養生に努めた。

しかし退院後、抜糸のあとがまだ痛む腹をいたわりつつ〈チャペル〉へ出かけてみると、囚人は既に事切れていた。閉所恐怖症は真実だったのだ。摺墨はしばし茫然としたが、すんだことは仕方がないとあっさり諦め、慎んで合掌して下山した。以来、四年ばかり放ったらかしてある。

「四年間も！」

私は仰天した。

「つらかっただろうなあ、馨！　そんなに長いこと、ひとりで悩んでいたのか。誰にも言えずに——」

「別につらくはなかった」

摺墨は涼しく言ってのけた。

「ただ待っていたんだ。すっかり骨になった方が片づけやすいと思って」

私は卒倒しそうなほど気分が悪くなったが、それでも何か手助けしなければとあせって、父に相談して便宜を図ってもらおうと持ちかけた。いずれ警察が介入することになるのなら、まだしも私の父に直接事情を説明した方が、摺墨に有利だと思った。しかし摺墨自身が、私の申し出をにべもなく断った。

「わからないのか？　僕は全然後悔なんかしていない。あいつは僕に、クラスの友達に、二度と忘れられないほど酷《ひど》いことをしたんだ。絶対に赦せない。赦さない。またあんな機会があったら、何度でも同じ目に合わせてやる」

それは私が初めて見る摺墨であった。蒼光《あおびか》る石から研《と》ぎ出したような、冷々《れいれい》と冴え返る横顔を見せて。烈しい言葉とは裏腹に、乾いた静かな一本調子で。単純な歌か祈りの文句でも口吟《くちずさ》むように。美々《びび》しい復讐の天使が、塵芥バケツをぶちまけたような人間《ひと》の世に降《くだ》り、けざやかな白い花を携えて終末《おわり》を宣告するように。

「でも——とにかく——どうにかしなくちゃ。どうするんだ？」

「さあね。昼間は人目があるから何もできない。嵐の夜でも待って始末をつけるかな」

と、天使は嘯《うそぶ》いた。

私たちは無言で丘を下った。道中はしゃいでいたのはクリストファー・ロビンだけだった。裏木戸の前まで帰り着いた時、摺墨は再びあの極北の天使の顔になって、

「散歩はこれから僕ひとりでする。来なくていいよ」

と、年来の友人とも思えぬ残酷なことを言った。これでは絶交を申し渡されたも同然だ。

「ひどいな。本気で心配してるのに」

「だから、その心配をこれ以上増やしたくないんだよ」

「馨……」

私は言いようもなく切羽詰まった気持ちになり、木戸の向こうへ消えかけ

るチェックの袖をしかととらえた。

「さっき言った神聖なお祈りって――いっとう大切な人って――？」

振り返った摺墨と私の視線が出会った。きょう初めて、真正面から見つめ合った。覆面に保護されぬ澄みきった裸眼から、不思議に生《なま》な感情が放射されていた。それは私の水晶体、網膜、視神経を経由して脳に伝わり、心の糸をかき鳴らして一節の忘れがたい旋律《メロディー》を奏でた。この音楽には詞《ことば》があるのだろうか？　友人の腕をつかんだ手に思わず力がこもった。詞にしてみたい。もう一歩近づけば、きっと解読できる……

だがその時、摺墨はフイと目をそらした。そっぽを向いたまま、私の指を一本ずつていねいにほどいた。まだ散歩を終えなくていいのかと逸る犬を抑え、戸の内へ引き入れながら、教えないよ、と背中を向けた。


落雷は一撃で〈チャペル〉を砕いた。〈チャペル〉もろとも摺墨を粉砕した。災害の現場をつぶさに検証した捜査官は、身元不明の人骨は浮浪者のものであろうと簡単に片づけ、その埋め合わせに、落雷の誘因に関しては極めて独創的な見解を詳述した報告書をまとめた。それを読んだ捷さんはひたすら驚きあきれ、禎子ちゃんは、さもありなんと納得した。

「あんなに雷の激しい夜に、避雷針もない崖っぷちでチョコレートを食べるなんて」

「まさか銀紙に落ちるとは思わなかったんでしょう」

「それにしても、何とマヌケな……」

察するに、次のような成り行きではなかったかと思う。その日は朝からうっとうしい曇天《どんてん》で、軒端《のきば》の風鈴をチリと鳴らすだけの風もなく、夕闇の迫るほどに、いよいよ重苦しく垂れこめてきた。摺墨は、クリストファー・ロビンも連れずに一人で丘へ上った。ハーシー・チョコを噛《かじ》りながら、完全に暮れて夜になるのを待った。やがて西の方から遠雷が轟《とどろ》き、次第に近くなって騒然としてきた。摺墨は、腕時計や眼鏡やサスペンダーや、金属気《かねけ》の物は全て取りはずして〈チャペル〉の玄関先にまとめ、どの大木からも用心深く距離を取って、嵐のスペクタクルを見物していた（らしい）。

その時、〈運命〉が弦《つる》を離れた。鈍色《にびいろ》の密雲が疾稲妻《はやいなづま》に掻《か》き裂かれ、銀裏のほころびを凄まじくはためかすと見る間に、雷鼓《らいこ》一声、放たれた電気《エレキテル》が、あたら十七の芳蘭《かぐわし》き姿を、目眩《めくるめ》く一閃の火柱に変えた。尚も迅雷霹靂《じんらいはたた》く空から俄《にわ》かに沛然《はいぜん》たる豪雨が襲い、飛瀑のような水煙の幕の彼方に山も家も深く沈んで、天地《あめつち》も分かたぬ太古の景色となった。

やがて雨が上がって星光《ほしかげ》さやかな藍色《あいいろ》の夜空が戻ってきた時、丘の上に〈チャペル〉はなかった。いや、丘そのものが形を変えていた。軍艦の船首の岩端《いわはな》が、削《そ》ぎ取ったようになくなっていた。土砂と瓦礫《がれき》と摺墨と白骨は、風雨の勢いで一挙に崖下へなだれ落ち、奇妙に整然たる塚を成していた。そのまま雛菊《ひなぎく》や金鳳花《きんぽうげ》を植えて、墳墓にしても美しいほどだった。

散りかけた百日紅《さるすべり》が晩夏光《ばんかこう》に朱々《あかあか》と映え、蜩《ひぐらし》のしきりに鳴く夕方、寮へ戻った私宛に嵩張《かさば》る郵便小包みが届いた。手紙が添えてあった。

『これは亡き兄、馨が某出版社の懸賞小説に応募したものです。(もちろん落選しました。)普通は応募原稿は返却してもらえない決まりだけど、内容があまりに奇抜なので、何かの間違いではないかと気を遣って、わざわざ送り返してくれたのです。私も間違いだと思います。あのマヌケな兄のことだから、作品を入れたつもりが、うっかり違うものを包んで封をし、発送してしまったのでしょう。抜け作ってこのことです。私が持っていても仕方がないので、あなたに転送します。ご査収下さい。

禎子

PS　クリストファー・ロビンからごあいさつを。』

二枚目の便箋には、朝顔か鳳仙花《ほうせんか》の色水で作ったらしい天然の赤インクに浸した前足の跡が、力士の手形よろしくバンバンと捺《お》してあった。包みを開くと分厚い書類封筒が出てきた。〈第何回何々賞応募作品『天使礼詞（サリュタシオン アンジェリーク）――聖母《みはは》マリヤに捧ぐ祈り』〉という長々しい題名をタイプ打ちしたシールが、ぞんざいに貼り付けてある。封筒の中から、数百ページになんなんとする紙束を取り出して、絶句した。二十字掛け二十行四百字詰めの原稿用紙いっぱいに、亡き友の見なれた優しい手蹟で、*l'ange*《ランジュ》, *l'ange*《ランジュ》, *l'ange*《ランジュ》という文字が繰り返し書き連ねてあったのだ。終わりのない歌のように。鳴りやまぬ夏の嵐のかすかな谺《こだま》のように。

赤ずきんくん

十六、七の若人が、日の入り過ぎにひとり野歩きするものでない。そんなことをすれば、狼がついて来る。
これは村の有名な言い伝えである。いつどこでどうして言い出されたのか誰も知らない。信憑性《しんぴょうせい》もない。しかし私は心おだやかでない。あと半月もたてば、この警告の対象となる年齢に達するからだ。

ここらで言う狼とはただの山犬のことじゃ、と伯父《おじ》は笑うが、私にはどうして、ただの山犬はたいへんな脅威だ。これまで野生動物と戦った経験もなく、刺身とりに押し入った隣家の猫をシャモジで撃退したことが唯一の武勇伝である。犬が相手では、とてもそううまくはゆくまい。

「このあたりには、山犬、たくさんいるのですか?」

「昔は、ハァ、エッとおったけどのう」

と、伯父。「エッと」とは度合いを表わす副詞で、〈たくさん〉、〈大いに〉、〈非常に〉を意味する。

「猪《しし》狩りの犬が迷うたりして、よう帰って来れんで、山に住みついたんじゃ。今頃は、ハァ、もう、昔ほどにはおらんじゃろう。百児原《ももちごはら》に、犬殺しの爺さんがおるけぇ」

私は爺さんと面識はないが、伯父のねんごろな口ぶりから、職能には信頼がおけると踏んだ。それで、薄気味の悪い民間伝承《フォークロア》のことはもう考えないようにして、より明るい未来に目を転じることにした。

誕生日が来たら、晴れて青年団に入団する資格ができる。村には子供会と青年団との中間に位置すべき適当な公共機関《インスティテューション》がないので、過去一年間というもの、ずいぶんと居心地の悪い思いをしてきた。何事によらず、集団をもってあらゆる活動の一単位とするのが、村という社会である。子供会を脱け、しかも青年団に入るにはだいぶん間があるという無所属状態が、父母児村《ふもじむら》における事実上の村八分を意味するのでなかったら、村長の甥という体裁などはばからず、とうに会費を滞納し横領していたことであろう。会費は月額百五十円である。十才未満は百円となっている。

子供会に十才以上のメンバーは二名しかいない。私と明太《みんた》である。我々は同年で、村から十キロほど離れた町の、六年制私立男子校に同じバスで通う。高等部の入学式の日、桜花爛漫《おうからんまん》の校庭で浮かれ騒ぐ明太をつかまえ、苦衷を訴えた。もうこれ以上、子供会の〈大供《おおども》〉として身にあまる責任を負わされたり、かと思えば小舅《こじゅうと》のように煙たがられたりするのはイヤだ。青年団の入団資格ができるまで、暫定的に婦人会にでも入れてもらってはどうか？　そうすれば、たとえ子供会という組織の後ろ盾をなくしても、少なくとも村落共同体における身分は保証される。

「そのかわり、今までの十倍も会費ィ取られて、ハァ、メリヤス編みの講習会ィ行ったり、ハァ、バケモンの出そうなとこで、夜中まで風呂たきしたりするんか？　わしゃーイヤじや、絶対！」

明太は生粋《きっすい》の村人である。その母親は、三期連続婦人会の会長に選出されたキャリアの持ち主である。明太は婦人会の主な奉仕活動の何たるかを身を以て知っていた。一方私は、健康上の理由から、伯父夫婦の住むこの村に転地してきて、まだ一年と経たない。見聞きするだけで実地に試したことのない活動が数々あった。風呂たき、墓掃除、溜池《ためいけ》さらいなど、比較的日常的なセミ・ボランティア作業すら、実はいまだに体験していない。況《いわん》や、黄昏《たそがれ》の送り狼の伝承をや。

編物講習会に次いで明太の顰蹙《ひんしゅく》を買った風呂たきとは、自家の風呂をわかすことではない。村の一般家庭は、火葬場隣の共同浴場を利用している。町の銭湯と違って営利企業ではなく、番台も三助もいなければ、男湯女湯の区別もない。風呂たきの使命は輪番制である。主に、各家庭の主婦や年長の子供がその役目に当たる。一見、暇を持てあましている風情の高齢者たちは、火の番としては案外不人気であった。じいさまばあさまは概して動作緩慢、暖まると居眠り、凍えれば自然死に陥りやすく、火災発生や湯の温度低下などの緊急事態に、敏速に対処できまいと危惧されたからである。

風呂たきに当たった者は、奉仕の喜び以外に物質的報酬を期待してはならぬ。わずかな見返りとしては、公共の薪炭《しんたん》を使って公共の竈《かまど》でおこす公共の火焔でもって、持参の栗、芋、トウモロコシの類いを調理《たく》することのみが許可されている。しかしその程度のささやかな特権は、吹きさらしの薪小屋《まきごや》で、旧式の竈《かまど》に向かい、劣悪な焚きつけを、深夜まで燃し続ける苦難に比べれば、何ほどの幸福とも思われないらしかった。

「でも、西園寺《さいおんじ》」

と、あの日、私は食い下がったものだ。西園寺は明太の苗字である。

「あと六ヶ月も、どうやって辛抱すればいい？　僕の誕生日は十月だけど、それまでには子供会主催の行事がわんさとある。花見が終わればすぐ端午《たんご》の節句。そのあと田植え休みの遠足に、紫陽花《あじさい》祭に、七夕祭に、納涼花火大会、盆踊り大会、素麺《そうめん》流し、葡萄《ぶどう》狩り、松茸《マツタケ》狩り、栗拾い、イモ炊《た》き、巡回映画、秋の大運動会、エトセトラ、各種のイベントが目白押しだ。葬式だって一つや二つはあるかもしれない。そのたびに僕らは、ほかの連中といっしょに半ズボンをはいてチョチチョチアババを演《や》る。恥ずかしくないか？」

「半ズボン着用、ちゅう決まりはなかったじゃろう？」

「比喩だよ。まあちょっと、想像してごら——」

「シティボーイのシュールなイマジネーションにゃー、ようついて行けん！」

明太は団扇《うちわ》のような掌《てのひら》をぱっと広げて、それ以上の議論を拒絶した。婦人会への仮所属の案は空論に終わった。

子供会の催し物は、天候にもスポンサーにも恵まれ、タイムテーブルどおり着実に消化されていった。私は花粉症を装って花見とタンゴを欠席した。六月には村役場に出向いて、雨蛙《あまがえる》や蝸牛《デンデンムシ》や照々坊主《テルテルぼうず》など、梅雨時《つゆどき》の風物を窓と言わず壁と言わずベタ一面に貼りつけ、公共建築物の美観をそこねるという恒例の謀計に連座させられた。

七月に入ると、明太と二人、ヤブ蚊の猛攻に身をさらしながら姫笹を山から伐《き》り出し、憮然《ぶぜん》として短冊《たんざく》を書き、おざなりに花火を眺めた。盆踊り開催期間中は、タコ焼きとイタリアン・ジェラートの屋台を受け持ってもっぱら飲食に努め、それで本当に腹をこわして、素麺流し葡萄狩り松茸狩りをうらめしく見送った。脱水症状が快方に向かうと、リハビリによかろうと思って栗拾いには参加した。

こうしてようやくイモ炊きの時節までこぎつけた頃、村の人口に変動があった。百児原《ももちごはら》の犬捕《いぬと》り老人が急死したのである。死んでから耳に入ったことだが、この男はもともと地元民《ネイティヴ》ではなく、壮年期には公務員として精力的に町の野犬狩りに従事した後、退職金でこの村に土地を買い、家を建て、いつの頃からか住みついたのであった。町の身寄りがポツポツと現われて弔《とむら》いをつつがなくすませた。家屋敷を譲られた孫だか曾孫《ひまご》だかの一家は、村の風光が気に入ったものか、ほかに住むところがなかったのか、葬儀の翌日に早速、家財道具を積んだトラックでやって来て、そのまま居座るという噂であった。引っ越しの見物に大挙して繰り出した村童の一団から、子供会のメンバーが若干増えるであろうとの情報がもたらされた。

新参者はセンセーションである。私の時もそうであった。婦人会有志ならびに子供会が発起人となって、歓迎会が企画され、招待状はなんと、郵送されることに決まった。土曜の午後に決まったから、郵便局は閉まっている。百児原は鎮守様《ちんじゅさま》の社《やしろ》をいただく小高い丘のあちら側にある。明太が麓《ふもと》を回って自転車で配達すれば、仕事は行き帰り三十分でかたづく。郵便で送るなど、誰が見ても時間と切手代の無駄遣いなのだが、この浪費を糾弾する者は皆無という有様である。

大部分の村人にしてみれば、郵便局の消印のある封書が、制服をまとった配達夫の仲介を経て自宅に届くということは、名誉以外の何ものでもない。届いたのが督促状《とくそくじょう》であっても心がはずむ。なぜかと言えば、父母児村の各家庭には茶の間にコンピュータが据え付けられ、村民どうしのコミュニケーションはEメールで簡略にすませるのが普通だからだ。

十数年前のこと、全国民がほぼ顔見知り（でもおかしくない）というアイスランドの環境に憧《あこが》れた村長が、同国はまたパソコンや電子マネーの先進国であると聞き及び、余分な田畑を売っておらが村に光ファイバーケーブルを引き、一戸に一台、当時最新鋭の米国《アメリカ》製コンピュータを強制設置した。従って郵便業務というのは、今や村の日常と化したデジタルライフの中で、古き良き時代のしきたりや作法を固守する伝統芸能にも似たためでたいオーラを発して、村人を感奮《かんぷん》させるのだ。切手をなめるという散文的な作業にすら、えも言われぬ厳《おごそ》かな緊張感がともなう。なめ役に抜擢《ばってき》された小学二年生の寸太《すんた》は、毎月の小遣いの四分の一に相当する紙片をかしこみつつ舌に載せ、厳粛を思うさま堪能したために、裏面の糊がすっかりはげ落ちて、封筒にくっつけるには新たに飯粒を用いねばならなかった。

さて村の郵便屋が、月曜日の朝一番に懸命にペダルをこいで招待状を届けたにもかかわらず、歓迎会は台風で流れてしまった。新入会員からは何の音沙汰もない。その結果、誰が言うともなく、私は子供会の代表として、入会金と当月の会費を徴収しに百児原へ派遣されることになった。

「僕がひとりで行く？　一体また、どうして？」

私は臆面《おくめん》もなく騒ぎ立てた。

「赤人《あかひと》さん、ウチらの中で、いちばん大《お》っきいけぇ」

と、ある女の子が言う。

「またそれが理由か！　それなら、西園寺くんが行ったっていいじゃないか！」

「明太さん、顔がおっかないけぇ」

金の取り立てだけに出向くのはいかにも強欲《ごうよく》だというので、歓迎の贈物が取ってつけたように準備された。絵心があるのではないかと評判の、男の学童数名によるクレヨン画、それに女の子らの即席に製造した折紙細工が、最中《もなか》の空箱におさまり、風呂敷に包まれて私に委託された。

　絵の方は、村の名所名物を各画家の力量に応じて活写したもので、『きょうどうぶろ』、『ため池』、『やく場のおぢさん』、『まる木ばし』、『うし』等々、具象派に特有の言わでものタイトルが添えてある。その中に、『ももちご原のおうかみ』と題する画期的な一枚があった。仲太《のんた》の作である。どこが画期的かと言えば、狼らしき動物の細長い胴体に、頭が二つついている。そして脚は八本。寸太と同じく小二の仲太が、地獄の番犬ケルベロスや古代ローマの双面神ヤヌスについて、ことに造詣が深いとも思えない。明太に借りた自転車で百児原へ向かう途上、川端で作者に出くわしたのを幸い、呼びかけて尋ねてみると、あれは狼が、頭を激しく振り立て、吠えたけりながらすごい勢いで走っているから、あのように見える、との説明があった。

「百児原には、ほんとうに狼が棲《す》んでいるの？」

　私はからかい半分に訊《き》いてみた。わし知らん、と仲太がかぶりを振る。父母児村では、幼児から百才老人まで、男性一人称は「わし」に統一されている。移ってきた当初は、年端もゆかぬ子供がおじいさんのようにわし、わしと連発するのを聞くにつけ、なじかは知らねど心侘びたものだ。今ではすっかり耳になじんでしまった。イガグリ頭の村の子が、いきなり「ボクは」などと言ったら、かえって不審に思うかもしれない。

「よう知らんのんじゃけど――」

と、そのイガグリ頭がゆっくりななめに傾《かし》いだ。

「狼ゆうて、ハァ、モンゴルにもおるじゃろう？　わし、Mac《マック》で観《み》た。DVDで。狼捕りのおっちゃんが、ハァ、仔狼《こども》ォさろうてきて、サーカスに売りようった。百児原は、ハァ、草ばっかしの原っぱじゃけぇ、モンゴルによう似とるのう思うて」

「そんなに広いのか。小学校のグラウンドより広い？」

「うん」

「それじゃ、子供会主催の運動会も、あそこでやればいいのにな」

伸太は驚愕の態《てい》でエッと声を上げた。（この「エッ」は感嘆詞である。）のみならず、やたらに地団駄を踏み始めた。

「いけん、いけん！　わし、いやじゃ！」

「何がいやなんだよ？」

「いやったらいやじゃ！　狼がほんまにおったら、ハァ、みんな食われる！」

「お、ジャリ食い競争か。いいじゃないか。新種目だ。伸太、出ろよ。兄さんといっしょに応援してやるよ」

伸太の兄さんは明太である。明太は人も知る豪傑で、嬉しいにつけ悲しいにつけ涙など一滴も流したためしがないけれど、弟ときては、村でも有数の泣き虫なのだ。兄に似て図体は立派なくせに、ささいなことを悲劇的に解釈してすぐベソをかく。いやじゃいやじゃと足を踏むうちに、胡座《あぐら》っ鼻《ぱな》が力んで全開になり、〈へ〉の字に結んだ口は、いと情けなく震え始めた。私は肩をすくめ、運動会は例年どおり小学校で催されるであろうと楽天的な予言をして、先を急いだ。

百児原方面へ出かけるのは初めてである。鎮守の森の麓《ふもと》までなら一度来たことがある。迷子になった猟犬を捜索する伯父に、弁当の包みを届けた。伯父は、手塩にかけた黄金丸《コガネマル》が、もしや山ひとつ越えて向こう側の裾野へ下りたのではないかと、見つかるまで大いに気をもんでいた。百児原には昔、採石場《いしきりば》があり、草陰には往古の竪穴がいくつも残っているそうだ。長雨の時分には、底に水がたまって井戸のようになる。野兎《のうさぎ》の臭跡《におい》について足を伸ばした犬が、うっかり落っこちると、自力では這い上がれないほど深い。たまには酔漢や子供も落ちる。しかし黄金丸であれば、たとえ水没したって、私は惜しんでやらない。犬種の典型を逸脱した横着な個体で、機嫌をそこねると必ず人の靴やズボンの裾で用を足すからだ。

ところで、森の麓にたどり着くまでに、私の荷物はだいぶ増えていた。増えた顛末《てんまつ》は次の如くである。

父母児村《ふもじむら》には、知らない者どうしでも、往来で行きあえば必ず挨拶を交わす、丸木橋上でかち合えば道を譲り合って後退する（そして偶然通りかかった第三者に先に渡られる）という美風がある。挨拶は、判で押したような起承転結を備え、〈起〉は当日の天候、〈承〉は健康状態、〈転〉は行き先用件の問い合わせ、〈結〉は「ほいじゃあ、まぁ……」という、いささか竜頭蛇尾の四部形式である。川を離れて上り道に折れる前に、私は田筋にそって植えられた慈姑《くわい》のかたわらを通過した。麦藁帽《むぎわらぼう》の農夫が、せっせと根元を掘り返している。

来週に迫ったイモ炊きのことが思い出された。

イモ炊きは、子供会、婦人会、青年団、敬老会の共催で実施されるにぎやかな行事である。仲秋から晩秋にかけて、晴天の夜に河川敷《かせんじき》で催される。別名、お月見とも言う。村中総出で川原にピクニック・シートを広げて車座に焚火を囲み、名月を観賞しながらなごやかに鍋をつつく。音楽を伴うこともある。（今年は小学校の教頭先生のiPod《アイポッド》からベートーヴェンの『月光奏鳴曲《ムーンライトソナタ》』が流れる予定。）ここで炊かれるのが、馬鈴薯《ジャガイモ》でも薩摩芋《サツマイモ》でもなく、イモとは名ばかりの慈姑《くわい》なのである。里芋《サトイモ》と混同されているらしい。

通りすがる私の姿が、艶光《つやびか》る緑葉の面《おもて》に濃い影を落とした。それを目に止めたのか、かがんでいた農夫は突然体を起こした。さあ、挨拶だ。

「どっちぃ行きんさる?」

こちらは天候の話題を期待していた。みごとにあてがはずれて、私はまごついた。こんな序破急の出方をするとは、一体何者か？ 屈強《くっきょう》な男である。麦藁をずいぶん目深《まぶか》にかぶっている。広い鍔《つば》の陰になって、顔面はほとんど真っ黒だ。その中に、両眼だけがギロギロ光っている。口がいやに大きい。

「あ、ちょっと、その……百児原の方へ」

どうしてこんなに馬鹿正直に答えたものか、ともかく私は答えてしまった。男は粗塩《あらじお》で磨いたような白い大きい歯を、ニッと剥《む》いて笑った。そして私の答えを、あるいは全存在を、嘲弄するかの如く、悠然と舌を突き出して、唇を端から端までべろんとなめてみせた。舌がいやに長い。

「百児原のう。あすこにゃー、ハァ、な〜んちゃ見る物《もん》はないで」

「観光に行くんじゃありません。公用です。子供会の用事で行くんです」

「ハァ、ふうぅるるるるる……」

男は鼻息とも喉声ともつかぬ怪音を発し

た。上目で私をにらむように見据えると、イモでもとって行きんさい、と愛想よく誘った。

そんな暇があるものか。

「急ぎますから」

私は自転車の向きを変えた。そのまま前進しようとしたが、進めない。振り返ると、軍手をはめたごつい手が、後輪の泥よけをしっかとつかまえている。

「離して下さい」

「十分でええけぇ」

「急ぐって言ったでしょう」

「五分でええけぇ」

いつしか男の手には鎌が握られていた。研《と》ぎすました弓形《ゆみなり》の刃に、午後の日差しがキインと跳《は》ね返る。背筋が寒くなった。が、男にそれを気取《けど》られてはならぬと思った。笑みを浮かべ、何か無害なかわいらしいことを言って牽制《けんせい》するに限る。つまるところ、私はまだ子供会の一員なのだ。

「どうしてイモ掘りに鎌を使うんです？　スコップに替えてみたらどうかしら？」

私の無邪気な提案は新たな嘲笑を誘うばかりであった。男は鎌の刃に負けないくらい手入れの行き届いた歯並みと、長い真っ赤な舌を再度誇示してみせた。私は悄然と自転車を降り、半時間ほど手伝いをして駄賃に一袋のイモを与えられた。断る勇気はない。ずっしりと重くなった荷台を意識しながら、ひたすらペダルを踏んで田んぼから遠ざかった。

鎮守様の丘の周囲は四季を通じて広々と明るい。今頃はことにきらびやかである。色づき始めた萱原《かやはら》が、白銀《しろがね》に穂を吹いた花芒《はなすすき》をまじえて終日《ひねもす》揺れている。丘の斜面は対照的に暗い。常緑の、主に針葉樹が、天日《てんじつ》を忌《い》むようにうっそりと寄り合っている。もっとも、いくら錦を飾ってみたところで、父母児村の山林は総じて爺《じじ》むさい。爺むさいのが好きというのではないが、私は自転車をしばしば森陰に寄せて、一息つかねばならなかった。乗物酔いをするたちなので、金波銀波《きんぱぎんぱ》の烈しくうねる野を前方に見て走ると、じきにクラクラしてくる。その都度、老松《おいまつ》の下などに止まって蘇生してから進むのである。当然、進捗ははかばかしくない。私は努めてあせりを抑えながら、郵便屋が口頭で教えてくれた地図を頭の中で映像化した。(「山裾オぐるうり回って、ハア、ずんずんずん行って、ハア、道が、ハア、エッと下りになったら、ハア、百児原」という粗略なものだ。)

目を凝らせば、草の海を縫《ぬ》って、小舟の澪《みお》のような細道が通っている。兎《うさぎ》や狸《たぬき》の踏み固めたものであろうか、くねくねと続いては途切れ、途切れたかと思うと唐突にまた現われる。そんな情景がとめどもなく繰り返され、またもや目まいの兆しを覚えかけた時、行く手にいきなり小さな影が飛び出した。あわててブレーキをかけたはずみに自転車ごと横転し、私は秋の七草をなぎ倒して地面に大の字になった。

目くるめく青空が視界に氾濫する。びっくり仰天とはこのことだと喘《あえ》ぎふためいていると、やがて三つの頭が切れぎれの雲のように、思い思いの方角からそろりと集まってきた。

「おにいちゃん、だいじょうぶ？」

「だいじょうぶなもんか！　き、急に飛び出してくるから――」

起き上がろうとした私は、ううと息を詰めてまたひっくり返った。大声を出すと脇腹が痛む。

「おケガした？　手と足が、みんな折れちゃった？」

私は仰向けに寝たまま、用心深く四肢を動かしてみた。曲げて、伸ばして、曲げて、伸ばして……

「折れては――いないみたいだ。不吉なこと言わないでくれ」

「あ、ここ！」

ハート形の雲が一つ下降してきて、私の頬から耳のあたりを鼻先でクンクン小突《こづ》いた。再び上昇したのを見ると、鼻の頭に真新しい赤いしみがついている。と、横合いからもう一片の雲が流れ寄り、よごれたところをペロリとなめて掃除してやった。私は思わず痛みを忘れてすわり直した。

あらためて見渡すと、三人の男の子である。三枚のクローバーの葉のようによく似ている。いくらか年上らしい二人は無帽で、むき出しの腕も膝も濃い蜂蜜色に日焼けしていた。琥珀《こはく》のようにつややかな眼をぱっちり開いて、瘠《や》せっぽちなりに丈夫で利発な男児であることがわかる。それに引き替え、一番幼い子は文句なしに貧弱であった。まるで月夜茸《ツキヨタケ》のように蒼い耳をしている。夜店で買う乳白硝子《にゅうはくガラス》の風鈴の如く、風吹かばチリリンと清音を洩らすであろう、雨降らば最初の滴《しずく》にパチンとはじけるであろうと思い、私は自分の不健康を棚に上げて、乾布摩擦《かんぷまさつ》を奨励してやりたくなった。

日向が苦手らしく、しきりにまばたきしている。白と黄の紙風船のようなキャップをかぶり、庇《ひさし》の陰から、尾花に似た飴色《あめいろ》の髪がポヤポヤとはみ出している。さっき萱《かや》の葉で真一文字に切った傷の、血のにおいを嗅ぎにきたのはこの子だった。

「こいつ、目があんまり見えないの」

兄の一人が、黄色い庇を引っぱりながら言った。二人が兄弟であることはまちがいない。

「それなのに、草摘みについてくるから、僕たち困ってるの」

もう一人の兄が、なめらかに唱和した。少しも困っているふうには聞こえない。芝居の台詞《せりふ》を朗誦するように磊落《らいらく》である。ふと、この子らが子供会の新入会員だろうかと思った。

「君たちかい、今度引っ越してきたのは?」

兄二人はすばやく目配せし合った。

「ううん、ちがう」

「僕らのうちはね、ずっと、ずうっと、ずううぅっと、遠く」

本日は絶好の行楽日和だ。町の子が秋草摘みに田舎を訪れても不思議はない。私はああそうかいと言って先へ進んでもよかったのだが、なんとなく立ち上がる機会《しお》をとらえかねた。三兄弟は膝を詰めて三方から私を見守っている。その注視が、どうも尋常でない。私の次の行動を異様に熱心にうかがっている様子だ。そろいの大きな眼。ツイと持ち上がった小癪《こしゃく》な鼻。花弁のように薄《うっす》りと開いた三つの口から、薑色《はじかみいろ》の舌がちろりとのぞく。

私はだんだん尻こそばゆくなり、訊こうとも思わないことを訊いてみたりした。

「名前はなんていうの?」

年長組の返答は迅速である。

「一郎」

「二郎」

弟はちょっと出遅れた。小鮒《こぶな》のように口をパクパクさせて呼吸を整えてから、

「シュナップハーン!」

と、神妙にうなずいた。

「しーっ!」

兄たちは、どうしてだか、めいめい人差し指を唇に当てて右と左から弟を制した。私は

重ねて年齢を尋ねてみた。一郎と二郎はすまして顎を上げた。

「ええとね、僕、七才」

「僕も七才」

「よんじゅにち……」

「しーっ！」

末っ子は、またもやしかめ面でたしなめられた。どんなヘマをしでかしたのか合点がゆかないようで、兄たちの苦い顔をぼんやり仰いでいる。少々にぶいのかもしれない。哀れに思って頭をなでようとすると、ひょこんと首をすくめ、染め分けの帽子を両手でしっかり押さえて駆け出した。と言って、どこへ逃げるでもなく、横倒しになった自転車のまわりをほたほたと一周して、荷台の脇にしゃがんだ。

「自転車、こわれたかなあ？」

一郎がほがらかにさえずった。きっとねえ、と二郎もにっこりする。この兄弟には、他人の災難を愉快がる悪癖があるのだろうか、と私は怪しんだ。ケガをしたかと尋ねてくれた時も、心配からというよりは、まるで確認でもとっているようだった。

自転車は借り物であるから、破損させてはまずい。ざっと点検してみた。特に異状はなかった。ライトがこわれただけだ。これだって、そもそも点《つ》かなかったのかもしれない。

明太が荷台に取りつけた洗濯籠の中に、贈物を包んだ風呂敷とイモとがでんぐり返っている。頭陀袋《ずだぶくろ》の口が開いて中身が半分ほど地べたにころげ出ていた。私にはイモの軽減はむしろ喜ばしい出来事であったが、一郎二郎はどうしても拾ってくれると言ってきかない。仕方なく礼を述べると、嬉々として近所の草叢《くさむら》の捜索にかかった。復活祭《イースター》の卵探しの気分なのか、二人ともよほど楽しいらしい。草の根を分けてイモが出るたびに歓声を上げて祝う。私とて元は町の子であったから、休日の田園における無類の解放感には大いに理解がある。不本意ながら、宝探しの時間を十分また十分と、延長してやった。手持ちぶさたのあまり、自分でも遠近《おちこち》の犬狗草《えのころぐさ》の茂みをつつき回して、欲しくもないイモを一つ二つ集めてきたりした。

「もういいよ。どうもありがとう」

最後のイモを袋に戻しながら、散らばっている子供たちに機嫌よく声をかけた。

「これでほら、元どおり、いっぱいに――」

袋の口を結びかけた手が止まる。風呂敷包みがない。

「あっ、見て！」

一郎が草原の彼方を指して叫んだ。黄と白のキャップが、溺れる人の頭のように見え隠れしながら、スタコラ逃げて行く。半盲の虚弱児が、よくもあんなに駆けられるものだ。一、二度、腰のあたりまでぽっかり浮上した時、何やらかさばる物を抱えて走っていることがわかった。白い唐草模様の染め抜きが、遠目にも鮮やかに識別できる。贈物を包んだ風呂敷に違いない。

「おにいちゃんのを盗《と》ったんだ。ね、取り返さなきゃ!」

「早く!」

左右からせきたてられて、私も走り出した。なくしたところでイモに劣らず惜しくない代物ではあるが、あれがなければ自分は親善使節として機能することができない。ただの集金人になる。集金人になるのはかまわないとしても、例の竪穴のことがある。私がもう百児原の入り口ぐらいまで来ているとしたら、いつ何時、大地があんぐりと口をあいていてもおかしくない。先週いっぱい降りやまなかった霖雨《りんう》――手元に縄も梯子《はしご》もないこんな時、見境なく子供に落下されては困るのだ。

「離れちゃだめだ。いっしょに走るんだ」

私は一郎と二郎の手を片方ずつ握って駆けた。これでは到底スピードが出ない。しかも草の丈はしだいに高くなり、遂には兄弟をかわるがわる肩車して、潜望鏡の役をさせなければならなくなった。

「いたぞ、あっちだ!」

「今度はこっちだ!」

カンカラに晴れ渡った秋の午後である。元気ざかりの子を二人も連れて野山を奔走するには、こちらは準備不足もはなはだしい。昼食をとってから、ずいぶん時間が経過している。仲太《のんた》などにかまけて道草を食ったのが失敗だった。それに、あのイモ掘り。畑仕事に慣れない者には重労働だ。二つの潜望鏡は、交替するごとに、まるっきり反対の方角をどなってよこす。

「おい、一郎」

私は眼に入る汗をぬぐいながら、青息吐息で呼びかけた。

「そんなに足をしめつけるんじゃない。首が……」

言葉がよく聞き取れなかったのか、子供は私の肩にまたがったまま、ぐいと前かがみになった。

「やめろってば！　いちろ――」

「あはは、まちがえた。僕、一郎じゃないよ」

「じゃ、二郎！」

「あははは、まちがえた……」

私は懸命に首をねじり、上目横目を使って子供の容貌を見極めようとした。逆光で顔はすっかり翳《かげ》っているのに、双眸《ひとみ》のありかが妙にはっきりとわかる。熟した棗《なつめ》をむいたように、なんだか濡れてピカピカしている。

突然、もう一人の子が乱暴に手を引っぱった。一気に膝がゆるみ、私は前にのめった。倒れたかと思うところがり始めた。いつの間にか坂道になっていた。こんなに急な斜面をころがって行くのだったら、私はきっと百児原にいるに違いない。

ボッチャン！と派手な水しぶきが上がった。私は尻餅と言おうか水餅をついて、転落を完遂した。終点には、どうしたわけか、水面《みなも》に鮮やかな落葉を浮かべた池が用意されていた。水深ほぼ胸まで、水温湯冷《ゆざ》まし程度。水質はあまり上等でなく、そこへ私が進水して泥をかきたてたから、いっそう混濁した。

かえりみれば、落下経路の後半は、傾斜がよほどゆるくなっていた。前半の急勾配で助走をつけた後、余勢を駆って現在位置に飛び込んだものである。池は窪地の底に、あたかもスープ皿にスープを一匙すくい残したような趣で、どんより水をたたえていた。岸辺は丸く、平らに広がり、やがてゆったりと隆起して草の堤を築く。牧草に似た短かい芝草である。堤の中腹に、きょう一日の日光をすっかりたくわえて、ふかふかと金色に温《ぬく》もった羊歯《しだ》の群落《むれ》が見える。そこへ真っ白い毛布を敷きのべて、腹這いに本を立て広げた人物がある。私の視力は左右どちらも二コンマ零《れい》だから、池につかったままでも、『世界の犬種図鑑』という題字を楽々と読んでのけた。

だが人物の方は、もはや読んでいないようだ。さあ大変という顔をして、まんじりともせずにこちらを見ている。私も負けずにさあ大変と眺めた。小春日和に草上の読書としゃれる。悪くない思いつきだ。でも、裸でするというのはいくら何でも。夏の間に日焼けをする暇がなくて、秋の西日で挽回しようという魂胆かな？

いや澄む大気を通して紫外線が活発に作用するとみえ、甲羅の方はもうずいぶんいい具合に干せていた。これから裏返って腹を焼く予定だったかもしれない。女の子であったらどうしようか、私は半ばときめきつつ恐れた。ニコンマ零の眼力をもってしても、顔と背中と犬種図鑑だけでは、同性とも異性とも判別しかねる。

我々はものの三分ばかり、ひたすら奥ゆかしく見合って見合った。やがて先方は、毛布の上に手膝をついて、すっくりと身を起こした。ものぐさな性質らしく、立ち上がる労を惜しんで四つ這いに堤を下る。池の汀《みぎわ》まで来て正座をした。その過程で男子であることが明らかになったので、私は少しもがっかりしないと言えば嘘になるが、やはり大いに安堵を覚えた。が、安堵はたちまち警戒に転じた。

私は原則としてキュートな男が嫌いだ。柔道部の明太の先輩に、君は実にキュートじゃと言われてからというもの、「キュート」は口にするのもはばかられる差別用語の範疇《はんちゅう》に入れてある。キュートと評されて喜ぶような連中とは、断じてつきあわない。それだから、手を伸ばせば届く距離に近づいた若者の顔に対するや、安堵するどころではなくなった。薄い、くっきりした口の端に、人差し指でそっと圧《お》したほどのかすかな笑くぼがちらつくのを見て、心の中に否応なく《CUTE《キュート》》の文字が点灯したのである。

子供会よりは青年団に適する年格好ではあるが、さりとて四肢の目覚ましい伸び様に比較すると、顔の成長はどう見ても二、三年、遅れをとっていた。柔弱というのではないが、これでは遠目に女の子と間違えられても文句は言えない。もっとずっとたくましく成長を遂げた女子の顔を私は知っている。膝頭に双手《もろて》をそろえ、物問いたげにすんなりと小首をかしげる様など、女子にも見られぬ淑《しと》やかさである。私はいよいよ警戒を厳重にした。

警戒すべきはそれだけでなかった。立ち上がろうとして、どうしても上がれないのだ。尻が何しろ軟らかい泥にすっぽりはまって抜き差しならない。このままでは沈没だと躍起になって池底《ちてい》を捏《こ》ね回すのに、若者は眦《まなじり》の長い眼でうっとりと見守るばかりで、私の窮状を察する気配がまったくない。そんなに見とれてくれなくて結構だから、早く助けないかと私はやきもきした。

「ちょっと手を貸してくれませんか?」

遂に催促してみる。ことさらにトゲトゲしい声音をつくろってやった。ところが若者は、何かとても嬉しいことを言われたかのように、頬をさっと火照《ほて》らせた。

「かまわないんですか? 僕、あの……さわっても?」

「かまわないんですよ」

変なことを訊くものだ。

「それじゃ、つかまって」

差し伸べられた手は木の葉のように樺色《かばいろ》で、ほっそりとして、私の手よりも心持ち小さい感じがした。こんな華奢《きゃしゃ》な道具に取りついたら、かえってスープの団子が一つ増えるだけではと危ぶまれたが、よいしょとつかまり立ちをしてみると、存外持ちこたえた。どころか、ぐいと引いてくれた瞬間の上膊《じょうはく》の動きを見て、ちょっとした賞賛の念すら覚えた。

靴を逆さにして水をこぼす、服を引きはがしてねじり絞る、草を束にして泥をこき落とす、と忙しく奮闘する私のかたわらで、若者はこちらの濡れた頭を飾りたてている紅葉《もみじ》を一葉ずつ丹念に取り集めていた。

「僕の家はすぐこの先です。家に行けば着替えがありますから、もう少ししたら取りに行きましょう」

「なぜ今じゃいけないんです?」

「ついさっき、着物をみんな洗濯したんです。まだ乾いてないと思うので――」

「午前中にすればよかったのに」

「朝は眠くって」

私は新しい草穂をむしって束ねながら、若者の風采をそれとなく観察した。眠くってと笑った様子は、いかにもあどけなかった。それでも、堅い実のように締まった褐色の肢体には、すでに半ズボンとソックスではすまされぬ充実と威厳が漂う。銘材と霊感を得た手が、切れ味抜群の鑿《のみ》を執《と》り、ためらいも誤りもなく、一息に彫り上げた物のようである。そこへ太陽が黄金の漆《うるし》をかけ、風が磨き上げる……

　私は濡れそぼって一回り瘠せさらばえたような気のする我が体躯を思いやった。かつては兄が、現在は明太という強憎《つよぞう》が、事あらば庇護してくれるのをよいことに、自己鍛錬の機会をみすみす逃してきた。身の丈ばかりが年ごとに伸びて、中身が詰まってないのは一目瞭然である。風邪をひいてはならんと草でやたらにこすりたてたので、そこかしこの皮膚が赤ん坊くさいバラ色を呈している。

　私の家系は代々色素が薄く、男どもの中で最も野蛮な性情に恵まれた者で

すら、十六か七くらいまでは、赤い髪と潤みがちな茶色の瞳を持てあましている。学生時代に〈白河馬《しらカバ》の君〉と謳われた肥満型の父は、二十代半ばで禿《は》げ始めたと聞く。同じ優形《やさがた》でも全身これ筋肉で、見るからに溌溂《はつらつ》と健康に照り映えているもう一つの人体にまみえ、つらつらと眺めるほどに、妬ましさと感嘆に胸ふたがれた。何を！と、ひそかに意志の力コブを固める。私だってこれからは、乾布摩擦をやめて日光浴に切り替えるからいい！

さて、若者の所属はやはり青年団であろうか？　とすれば、犬捕り老人の後裔であるとしての話だが、徴収額が大幅に予定と違ってくる（と、私の内なる集金人が知らせた）。青年団の入団金は子供会の比ではなく、剰《あま》え《つさ》、入団時に年会費を一括納入することになっているのだ。贈物を失った今となっては、親善使節を名乗るのも烏滸《おこ》がましいから、せめてもう一つの使命を全《まっと》うして帰還したいものである。

「少し尋ねたいことがあるんですが」

「はい」

「君はもしかして、百児原《ももちごはら》におられた戌酉《いぬとり》さんのご遺族じゃありませんか？」

若者は紅葉を風に泳がせて、はらりと睫毛《まつげ》を伏せた。

「え……はい、まあ、そんなような者です。そう尋ねる君は？」

「河合赤人《かわいあかひと》と言います。父母児村《ふもじむら》の子供会の遣いで来ました」

「僕は太郎というなまえで——」

「おいおい！」

私は我にもあらず気色《けしき》ばんだ。

「僕はきょうここに来る途中で、一郎二郎、もひとり何とかって子供に遭《あ》ったんだぜ！でも、それはきっと本名じゃないと思う。そいつらの前に、ヘンな百姓にも遭った。僕は、なぜだかさっぱりわからないけど、子供は百姓と同類で、ぐるになって僕に悪さをしたという気がして仕方ないんだ。この上、君までタロウだなんて！　冗談もいいかげんにしていただこうじゃありませんか！」

最後で思い切りシャチホコ張《ば》った私の剣幕に、戌酉くんは恐れをなしたのか、じりじりと毛布の下に引きこもってしまった。そこを私は容赦なく追撃した。毛布と見えたのは、兎の皮をはぎ合わせてこしらえた敷物であった。もぐり込んでみると実に快適で、もう外に出る気がしない。私たちは、草の床と毛皮の間に、オムレツの中身のようにぬくぬくと隣り合った。朧闇《おぼろやみ》にとらえる戌酉くんの体は熱く、呼吸は早い。小刻みな震えが天鵞絨《ビロード》のような感触で伝わってくる。乾いた羊歯《しだ》のほろ苦い香気と甘ずっぱい草いきれ――私は車酔いとはまた違う儚《はかな》い目眩《めまい》を覚えた。取り押さえた手の力が自然にゆるんだ。

「逃げなくてもいいよ。何もしやしないから」

「もう怒りませんか？」

「怒りません」

「暴れたり咬《か》みついたりしないで、ここにじっとしていてくれる?」

「いるよ」

私は手探りに彼の鼻を見つけ、天辺を軽く咬んでみた。はっと息を呑んで戌西くんは後退した。

「じっとしているって、今言ったのに……」

「暴れたり咬みついたりなんて、失敬なことを言うからさ。僕は猛獣じゃないんだ」

「猛獣みたいじゃないか」

私は思わずニヤリとした。バスに乗るといっては酔い止めを飲む自分が、猛獣と呼ばれる。これは愉快だ。

「痛かったかい?」

戌西くんは返事をしなかった。

「うんと痛かったのなら、あやまるよ」

当てずっぽうに伸ばした手が唇に触れた。うっかり接吻でもしたかのように胸が騒いだ。しかし相手が何とも言わないので、私は安心してコンタクトを維持した。こんなに近々と誰かに寄り添うのは、幼児期以来の体験である。兄と私は、毎晩一つ寝台にたくし込まれてベビー毛布をさんざん奪い合った末、疲れ果てて小猿のように抱き合ったまま寝てしまったものだ。時には引っ張り合いが取っ組み合いに発展した。力いっぱい手足を動かしたあとの眠りの心地よさたとえようもない。夜中の騒動が激しいほど我々はぐっすり眠り、朝には上機嫌で目を覚まして、互いに相手のことをなんて良い相棒だと思うのであった。めいめい個室を与えられて別々に寝るようになってから――私はたしかに快眠を貪《むさぼ》ったことがない。

戌西くんが身じろぎしたので、私の指は彼の首筋をすべって鎖骨の間の浅いくぼみに触れた。ちょうどここに納まるくらいのビー玉を、昔持っていたのだがなどと考えているうちに、何とも切なくなった。

「どうして黙ってるんだ？　何か話せよ。でないと、また猛獣になるぜ」

戌西くんは暗い中でくすりと短かく笑った。それとも、猫のように喉を鳴らしたのだろうか？　声がやんでも、彼の胸の奥深くで笑いがまだ震えているのを感じて、ぎょっとした。もう一つ驚いたのは、耳が動いたことだ。誰でも練習次第で動かせるというが、こんなにはっきりと、馬が蝿を追っ払うような具合に、鮮やかに立て伏せできるものだろうか？　急に途方もない息苦しさに襲われ、私は毛皮の端を大きく持ち上げて空気を入れた。芳《かんば》しい闇は薄れて、夕光《ゆうかげ》がひそひそと沁《し》み入ってきた。

隣人の双眸《ひとみ》は一回り大きくなったような気がした。眼だけでない。耳も、そこはかとなく尖《とが》りぎみに、引き伸ばされたのではあるまいか？　口はまるで、落日をすっかり飲み干したように、赤々とわななないてはいないだろうか？　それでもまだ美しい顔であった。その顔をすうっと寄せて、彼は囁《ささや》いた。

「咬まれて痛いのがどんなことか、君は知らない」

幽《かす》かな息が暖かい靄《もや》のように私の唇を濡らす。

「ちっとも知らないくせに……」

知ろうが知るまいが咬みつくのかと思って、呼吸さえ止めて構えていたのだが、あわやというところで彼は気分を変え、さっき私が咬んだ鼻の先をこちらの鼻梁《びりょう》に乱暴にこすりつけた。これには咬みつかれるよりも肝をつぶした。

「痛かったかい？」

戍酉くんは、眼をきらきらさせて私の口真似《まね》をした。

「いや、ちっとも」

「なら、どうしてそんな顔で見てるの？」

私は戍酉くんの口元に眼を凝らした。彼の容姿の中で一番幼気《いたいけ》な感じを残す部分である。これにそっくりの可憐な頤《おとがい》、花開くように微笑む嘘つきな唇《くち》を、きょうはもう三組も見た。

「君の眼はずいぶん大きいんだね」

若者は睫毛を巧みに按配して表情をぼやかした。

「ええ……暗くなっても、君の顔がよく見えるようにね」

「耳はずいぶんとんがっているね」

「君の声が、遠くからでもよく聞こえるように」

「腕は蔓草《つるくさ》みたいにしなやかで強い。人を罠にかけて、しっかりつかまえるんだね？」

「君を」

「そして口は――」

　私は皆まで言い終えなかった。彼は発条《バネ》のようにはじけて飛びかかった。私は両腕を上げて自分を守ろうとした。二度と離したくないほど温かいものがそこにすべり込んできた。防御は抱擁に変わり、抱擁は陶酔に高まった。熱く撓《しな》う野生《のお》いの裸身、ゆるくもつれて和草《にこぐさ》のように香る髪がすべてであった。金色の果実めく頬が私の頚《くび》にひたと重なり、鋭い犬歯が味利《き》きでもするかのように耳朶《じだ》をなぶった。私はにわかに自分の運命を悟り、日没と同時に彼は姿を変えて、待ちわびた餌食を貪るのであろうと知った。

「ああ、君は、とっても……とっても、いい匂いがする……」

「僕を――僕を――食べるの？　今、ここで――」

「食べるとも」

　透き通った笑い声が耳をくすぐった。

「でも、まず、キスをしてからね」

　恐ろしくてならないくせに、私は自分をからめ捕る強靭な四肢にいよいよ深く身をゆだねた。狼とは、何と甘美な前菜を好むものであろうか！

黄金丸《コガネマル》はちょうど間に合った。もう一足遅ければ、私の喉笛は食い破られていたかもしれない。和犬のはしくれである黄金丸は、捜索中声を立てない。獲物に当たるまでだんまりを通すので、私は彼が窪地のすぐ近くまで来ていたことに少しも気がつかなかった。しかし、一度目標が決まれば、わおうと雄叫《おたけ》びを上げて突撃を開始する。それで猟師には犬の居所が知れ、一丸となって獲物に襲来する。

伯父と黄金丸は、かくの如く登場した。露めく草堤を犬が馳《は》せ下るかたわら、人はスープ皿の縁にやいと踏ん張って鉄砲の狙いをつけた。初発は大きくはずれて水面に小波《さざなみ》を立てた。第二弾が来る前に黄金丸が敵に躍りかかり、ついでに猛然と私を突きころばした。

その後のことは夢のようである。池を一飛びに越え、芝の斜面をなめるように疾駆して逃れる影を、太った黄金丸が騒がしく追いかける。結局追いつけずにドサドサと取って返した。驚いたのは、影といっしょに私も駈けてきたという事実であった。私たちは並んで駈けに駈け、草むす崖の頂に達してようやく減速した。見はるかせば目路の限り、深く暮れなずむ野面《のづら》があった。

私たちは森はずれで待っていた者たちに合流した。彼らは思ったとおり、一郎二郎などという名前ではなかった。大学出の元公務員であった爺さんから、それぞれ外国語の凝った名をつけられていた。爺さんは、自分の捕獲した犬の内から器量のいい精悍なタイプを選び、偽造した血統書をつけて繁殖譲渡していたのである。その中に、犬舎破りのゴンというシェパードくずれの雄が紛れ込んでいたのは、幸運であった。爺さんの心臓が急停止して餌を持ってくる者がいなくなり、犬たちが餓死寸前となった時、金網のこちらから向こう側へ穴を掘って脱出路を開いたのはゴンであった。前世はモグラかと思うほど掘ることが好きで、野良《ノラ》生活に転じた今でも始終何かしら掘り返している。

私に狩猟の手ほどきをしてくれた相棒も、横文字のまことしやかな名前をもらっていたが、彼はそんな長ったらしいものに用はないと言って、まったく別の名で自分を呼んでいた。それは何でも、古くからの野山の生き物の言葉で、人語《じんご》で言えば〈恋人〉と〈殺し屋〉と〈夕星《ゆうづつ》〉をいっしょにした意味を持つのだそうだ。

耳のまわりに淡黄《たんおう》の斑《まだら》のあるシュナップハーンは、やや繊弱《デリケート》ながら、身のこなしの素早い立派な狩り手に成長した。黄水晶のように燃える瞳はひどい近視で、その埋め合わせに耳と鼻がすばらしくよかった。彼と組んで兎を追うのはまったく楽しかった。明け方に快くくたびれて塒《ねぐら》に戻り、すべすべした黄色い頭の唐梨《からなし》ほどの重みを肩に感じながら寝つくのは、更に楽しかった。白鳥のように美麗な容姿が祟《たた》って、生後一年目にして射獲されてしまったのが残念である。

私は時々、日が暮れてから、相棒と連れ立って火葬場の近くをうろつき、明太が風呂たきに来ていやしまいかとのぞいてみることがある。まだあんな奴らに未練があるのかと相棒は半ばあきれ、半ば嫉妬して、風呂帰りの村の子でも捕って食おうと言う。山犬討伐隊が組織されているとも聞くので、あまり頻繁に手荒なことをするのはまずい。姿も暮らしぶりもこんなに変わってしまった今、私は父母児村に戻る気はないけれど、徒《いたず》らに村人の怒りを買うつもりもない。私に向かって発砲した伯父をも恨む気にはなれない。彼の眼には、狼か狐か犬かわからないが、とにかく二頭の獣が組み合っているとしか映らなかったに違いないのだ。

小さな兄と弟

「兄さん、噛んで」

「え?」

「噛んで。僕の指――ううん、そんなんじゃだめ。もっと強く」

「だって――痛いだろ? 痕《あと》がついちゃうよ」

「ついたほうがいいんだ」

そこで兄はもう少ししっかり弟の指をくわえ、だんだん力を入れて強く噛んでいった。その間ずっと、軟《やわ》らかな骨が今にも砕けるのではないかと、心から恐れていた。弟は眼のふちをいくらか朱《あか》くして痛みをこらえていた。やがて、柔草《にこぐさ》に露の降りるように、睫毛《まつげ》にきらりと重たい雫《しずく》が溜まった。兄はそれを見ると、何だかもっと強く噛んでやりたくなった。けれど実際は、すぐに指を放した。

弟は、小さな深い歯形のついた指をだいじそうに眺めた。そして、蒼ざめた自分の唇にそっと持っていった。

「ほら――痕がついてないと、キスできないだろう?」


兄は弟が仔鹿《こじか》になる夢を見た。仔鹿はぴょんぴょん跳ねて王様の狩場《かりば》へ行った。王様の娘が金色の靴下止めを仔鹿の首にかけ、灯芯草《とうしんぐさ》で編んだ縄をつけてお城の庭へ連れて行ってしまった。兄は夜になったら庭に忍び込んで弟を探そうと思った。

夢の中では、すぐに夜がきた。低く名前を呼ぶと、仔鹿はいそいそ跳ねてきた。噛みちぎった灯芯草の縄の切れ端を後ろに引きずりながら。

「おまえをもとの姿に戻す方法はないの?」

「あるよ、それは。ひとつだけ」

「どうするの?」

「この縄を僕の首の回りにぐるっと巻いて、息を止めるの。そしたら僕はまた人間になる」

「でも、死んでしまうじゃないか!」

仔鹿はうるんだ無感動な眼で、まじろぎもせずに兄を見た。「死ぬ」なんて、どんなことか知らないのだと兄は思った。試しに灯芯草を一巻き、首輪の上から巻きつけてやった。仔鹿は濡れた柔らかい鼻を兄の手に押しつけた。兄はもう一巡り縄を巻いた。それから一気に締め上げた。王様の娘がどこかで叫ぶ声がした。でも、眼が覚めてみると、叫んでいるのは自分だった。弟をしっかり抱きかかえて叫んでいた。弟はぽっかり眼をあけていた。

「ね、どうしたの? どうしたの、兄さん?」

「もうすこしでおまえを殺すとこだったよ」

「どうして殺さなかったの?」

弟は兄の腕を自分の首に、自分の腕を兄の首の回りに巻いて、背中に雀斑《そばかす》のある温かな体を押しつけた。

「僕ね、兄さんが鹿になった夢を見てたよ」


弟は毎晩兄と眠った。兄がいないとなかなか寝つけないばかりか、夜中に恐い夢で眼が覚める。兄の胸、腕、首筋などに鼻を押しつけて眠ると、陽のあたる牧場《まきば》や、ほっかり焼きたてのトーストや、林檎《りんご》の樹の夢を見た。兄の肩は、まだよく熟れてない果物の味がした。弟がふいにそこへ小さな揃った皓《しろ》い歯を立てた。兄は大げさに痛がって悲鳴を上げた。

「どうしてそんなことをするのさ？」

「おなかがすいたんだもの」

「ビスケットと牛乳を持ってきてやろうか？」

「いらない」

「じゃ、杏《あんず》をもいできてやろうか？」

「ううん」

「おなかがすいてるって言ったくせに」

弟の我儘《わがまま》の理由はわかっていた。きょう兄は友達と小馬で遊び、いっしょに昼寝をしてやらなかった。もう赤ん坊じゃないのに、と兄は少し腹を立てた。昼寝ぐらい、ひとりですればいいのに。

「僕、兄さんを食べたいの」

弟は兄の胸に頭をつけて山羊《やぎ》の子のようにぐんぐん押した。兄は押されながら目をつむって、弟の髪の中に鼻先を埋めた。ふんわりした草の寝床が浮かんだ。ビスケットとミルクと、そして杏の匂いもする。やっぱりまだ赤ん坊かなあ、と思った。

弟は桜桃《さくらんぼ》を食べながら絵本を読んでいた。そこへ兄が来た。兄は弟の隣に腹ばって、絵本の頁《ページ》をのぞき込んだ。

「これは誰だい？」

「悪い大臣」

「これは？」

「悪いお妃」

「じゃあ、これは？」

「悪い竜」

「悪者しかいない国なの？」

「白鳥がいるよ。でも、まだ出ない。ずっとあとに」

「なあんだ」

兄は自分も桜桃をつまんだ。それは最後の一粒だった から、皿の真ん中に描《か》かれた駒鳥《こまどり》の真紅の喉が、すっか りあらわになった。

「兄さん、ずるい！　ひとりで食べちゃって」

「まだあるよ、ほら」

兄は弟の手首をつかむと、つやつやと輝く実をぽろり と掌《てのひら》に吐き出した。

「ちょっとだけ見せてやる。でも、食べちゃいけないよ」

弟は人さし指でそっと桜桃をつついた。この形は見て るだけじゃだめなんだ。どうしても口に入れて、舌の先でころがしてみなくちゃ。

「あっ、こら！　いけないって言ったのに！」

「飲みこまないよ」

兄と弟はしばらくそんなふうに桜桃をやり取りした。互いの唇の間から現われるたびに、

宝石のように赤い実は、いっそうつぶらに甘く匂うような気がした。そのうち、弟がびっくりして眼を見張った。

「飲んじゃった！　種もいっしょに！」

「おなかの中で芽を出すよ」

　弟は泣きだしそうな顔をした。兄は、弟の小さな体からじきに桜桃の樹が生えてくることを考えて、思わず舌なめずりした。


「おにいちゃん、弟《おと》ん坊《ぼ》ちゃんにパウダーをつけてあげてね」

　兄は天瓜粉《てんかふん》の缶とパフを手渡された。

「どうやってつけるのか、僕知らない」

「今やってあげたじゃないの。ただはたけばいいのよ」

「〈おとんぼ〉って、なんのこと？」

「そおれ、二丁上がり！」

浴室の入り口から大きな濡れた手が出て、弟をこっちへ突き出した。

「皮を剥《は》ぐ子供は、これでおしまいか？」

洞窟の奥から響いてくるような声だ。弟は本当に、体中、剥《む》いたような淡紅色《ばらいろ》をしていた。中でうんとこすられたに違いない。ほんの数分前に解放された兄も、同じ目にあっていた。耳の後ろがまだひりひりする。

兄は弟を後向きに立たせて汗《かむ》ばむところに粉をはたいた。皮膚のほてりはしだいに冷めて、背中一面うっすらと雪を被ったように、肩胛骨《かいがらぼね》のくぼみがほのかに青らんできた。兄はだんだんおもしろくなり、たっぷり粉を含ませたパフを、項《えり》から踵《かかと》まで隈なくはたきつけた。弟はもう眠いのか、兄の言いなりにおとなしくうなじを垂れていた。

「あらまあ、まるでうさぎさんじゃないの！　こんなにまっしろけにして」

弟はパジャマを着せられ、連れて行かれた。兄は手に持ったパフを見た。兎の綿尾のようだ、と思った。弟の真っ白い雪道のような背骨の末端《はし》から、ぽろんと落ちた忘れ物のようだ。

「わたしを飲む者は鹿になる」

と、流れがささやく。兄は眼もくれずに行き過ぎる。

「わたしを飲む者は虎になる」

と、次の流れがささやく。兄はここにも止まらない。三番めに、

「わたしを飲む者は狼《おおかみ》になる」

と、ささやく流れに出会う。兄は双眸《ひとみ》を輝かせて岸辺に跪《ひざまず》く。小さな赤い舌を突き出して、貪るように飲む。汗ばんだこめかみに、ゆるくちぢれた鳶色《とびいろ》の髪が一筋、張りついている。つややかに濡れた睫毛が、黄金《きん》の林檎のような頬にくっきり陰影《かげ》を落とす。弟にはそんなことまでがありありと見て取れた。けれども、自分がどこにいるのか、兄の耳が飲むほどに長く尖ってくるのを、どんな夢の中に隠れて見ているのか、わからなかった。でも、まあいい。もうすぐ兄が探し出してくれるから。獣の敏《さと》い耳と鼻で、この隠れ場にいる自分を誤りなく嗅ぎ出してくれるから。

緑に燃える眼がこちらを向いた。弟は思わず震えて息を殺した。

露夜話

つゆのよばなし

大納言法印《だいなごんほふいん》の召使《めしつか》ひし乙鶴丸《おとづるまる》、やすら殿《どの》といふ者を知りて、常に行《ゆ》き通ひしに、或時出《い》でて帰り来たるを、法印、「いづくへ行きつるぞ」と問ひしかば、「やすら殿のがり罷《まか》りて候」と言ふ。「そのやすら殿は、男か法師か」とまた問はれて、袖掻合《そでかきあは》せて、「いかが候《さふら》ふらん。頭《かしら》をば見候はず」と答へ申しき。

などか、頭ばかりの見えざりけん。

『徒然草』第九十段

乙鶴《おとづる》は私の飼い犬である。立ち耳に巻き尾の、日本犬の雑種だ。普通の日本犬より眸《ひとみ》が大きく、鼻面はやや長く、体の毛は雪のように白い。ある時この犬が、自宅以外に餌の出る場所を見つけてきた。私の家は寂しい野中の一軒家で、夜は門扉《もんぴ》を閉ざし、乙鶴《おとづる》を放して庭を巡回させる。庭は灰色の高い石塀にぐるりと囲まれている。この塀のどこかに、乙鶴《おとづる》は出入りのできる隙間《すきま》を発見したらしいのだ。私の与える餌を食べなくなって十日が経つ。しかし毛並みと肉づきはこれまでになく良い。猫ならいざ知らず、主人持ちの犬にあるまじき不心得と、家族はみな憤った。

私は三日ほど乙鶴《おとづる》を放さずにおいてはどうかと思った。第一夜、乙鶴《おとづる》は日の入りから、そわそわと落ち着かなげに、つながれた鎖の長さいっぱいに右往左往していたが、やがて月が昇ると、たちまち悲痛な遠吠えを始めた。殷々《いんいん》と尾を引いて、長く、深く響きわたる声は、とても犬とは思われなかった。

母が紗の窓掛けのこちら側で耳をふさいだ。あんな声で鳴かせておいたら、どんな凶々《まがまが》しいものを惹《ひ》きつけてしまうか、わかったものじゃない！　私と、隣の寝台で寝ている兄は、吠え声がなるべく遠くなるように、羽根枕にうずまり、頭から蒲団《ふとん》をかぶって眠った。

第二夜も、乙鶴《おとづる》は夜通し月に向かって吠えた。私はまた蒲団にもぐったが、耳のまわりに毛布をしっかり引き寄せても、声は一向に小さくならないような気がした。第三夜、喉が破れて血を流しているかと思うくらい、嗄《か》れ果てた異様な声で、犬は叫び通した。三日三晩、餌には口もつけていなかった。

「放しておやり。あれでは胸が裂けてしまう」

寝不足の大きな眼をして母が言った。鎖を解かれた乙鶴《おとづる》は、高く嬉しげに一跳ねしたかと思うと、ぼうぼう咲いた秋桜《コスモス》の露を砕きながら、庭の裏手へ見えなくなった。

翌日の乙鶴《おとづる》は一日機嫌がよかった。小春日にうらうら温《ぬく》もった縁側の沓脱石《くつぬぎいし》にもたれ、亀のように安穏《あんのん》に眠りほうけていた。けれど、釣瓶《つるべ》落としの秋の陽が山陰に沈み、西の空が朱々《あかあか》と淋しく燃える刻限になると、にわかに頭を起こし、耳をそばだてた。白妙の体がいよいよ白くなり、眼の色は人間のように深まった。私の足音を聞き分けて振り向く顔は、今にもものを言いそうに見えた。急いで、急いで、時間がないんだから、と。

「そんなに大急ぎして、毎晩どこへ行くんだ?」

私がわざとゆっくり、鎖をはずすのに手間取るふりをする間、乙鶴《おとづる》は猫のように後足や前足を踏みかえ踏みかえ、じれったそうに待っていた。

「どこへ行くのか教えてくれよ。ね、この時間になると、口がきけるんだろう?」

乙鶴《おとづる》は、両端のとがった木の実形《こ　みなり》の眼を、困ったようにちょっとすぼめた。鎖の留金ははずれたが、私はまだ首輪を握って、乙鶴《おとづる》を引き止めていた。

「どこかにおよめさんがいるの?」

犬は一生懸命頭を振り、首輪をもぎ離そうとした。私はあきらめて、自由にしてやった。

でも、次の夜は必ずあとをつけて行こうと決心した。

翌夕、乙鶴《おとづる》を放す前に、首輪に天蚕糸《てぐす》を幾重にも巻いて、切れないように結んだ。慣れない昼寝をしたので、起き抜けには頭がいくらかぼんやりしたが、庭に降りて、真っ白に噴き上がる萩の穂の下をくぐると、洗われたように眼が覚めた。どこからか薄荷《はっか》の香りも漂ってきた。淡紫にこぼれ咲く花もろとも、今しがた誰かが踏みしだいたかのように、しんと冴えた香気が胸に沁《し》みた。

私は乙鶴《おとづる》を引いて裏門に連れて行った。宵明かりの中で見ると、石の壁には、今まで知らなかった無数の亀裂が縦横に走っているようだ。一つ一つの瑕《きず》はうっすらと苔を被《かむ》っている。こんなでは、どこかに崩れや破れができていても不思議はない。裏庭の草木にはほとんど手を入れないので、荒れ放題である。瘠《や》せ伸びた紫苑《しおん》の茎を半ば隠して、鴨足草《ゆきのした》や秋海棠《しゅうかいどう》が、古びた襖絵《ふすまえ》のように塀の裾をめぐっていた。乙鶴《おとづる》の秘密の出入り口は、あの辺の秋草の覆《おお》いの下にあるに違いない。

門を出て、私は乙鶴《おとづる》に、さあ行け、と声をかけた。一瞬とまどう気色を見せたものの、犬はくるりと鼻面の向きを変え、真東に方角を定めて走り始めた。夜目にも白い羽飾りのような尾を目印に、私もすぐあとから駆け出した。草の実をほろろに蹴散《けち》らしながら、しばらく追ってゆくと、乙鶴《おとづる》は時折立ち止まってこちらを振り向いた。しようのない坊ちゃんだなあ、という顔をして。ついて来てもいいが、どうなっても知りませんよ、とでも言いたげに。けれどもそのうちに、まったく私を見返らなくなった。

野辺の道はじきにとだえた。私の眼の前にも、両脇にも、一面の芒野原《すすきのはら》がうねっていた。その果てには、何が棲《す》むとも知れない黒い丘が踞《うずくま》っていた。丘の高みはほのかに明るかった。もうすぐ月が出るのだろう、と私は思った。乙鶴《おとづる》は少しもためらわずに進み続けて、とうに姿が見えなくなっていた。私の頼りは、一筋のかぼそい銀の糸ばかりだった。雄犬は雌犬を求めて、ずいぶん遠くまで行くことがあるというから、途中で空腹になるかもしれないと思って、私は巻きパンと青梨をポケットに詰めてきた。巻きパンにまぶしてある芥子粒《けしつぶ》を噛み噛み、道ばたでしばらく思案した。このまま進んで行ってだいじょうぶだろうか？　からからと骨の風車のような音をたてて、糸巻《リール》が軽やかに糸を繰り出す。

「早くいらっしゃい」

芒のまっただなかから、突然声がした。こんなこともあろうかと思ってはいたけれど、私はやはり、怖《お》じ気をふるった。

「何をぐずぐずしているの？　早くお出かけなさい。間に合いませんよ」

「間に合わないって――何に？」

「ツキシロがヨナガとキスをするのに」

穂波がざわざわと分かれ、何かが遠ざかってゆく気配がした。私は思い切って芒の海に飛び込んだ。幾千の露玉がいっせいに触れ合ったように、虫のすだく声がにわかに高まった。待ちかねた月が行く手に蒼い灯《あか》りをともした。羽織《はお》ってきた透明なレインコートの、肩も袖も、雫《しずく》できらきらと輝いた。私は糸をたぐり、その先にかすかな手応えを感じた。乙鶴《おとづる》はもう駆けるのをやめたようだ。どこからか、せせらぎの音《ね》が聞こえてきた。

「もう一足です。そら、着きました」

さっきと同じ声が囁いた。芒の幕が左右に分かれ、私は丘の麓に立っていた。山肌に張りつくようにして、一件の家があった。家といっても建物は見えない。私の眼の高さほどの石垣の上に更に透垣《すいがい》が組まれ、格子という格子から、それこそ噴き上げ水のように白萩の穂がこぼれている。私の家の庭にも、あそこに一叢《ひとむら》、ここに一叢と萩が植えてあり、花時には客が誉めて行ったりするが、とても比べ物にならない。月光に搏《う》たれて気のふれた人のように、私はあふれ咲く白い花に見惚《みと》れた。

やがて、花の下に乙鶴《おとづる》がいるのに気がついた。石垣に前足をかけてうんと伸び上がっている。その鼻先に、一際けざやかな白い房が、露をふくんで重く枝垂《しだ》れている。犬もまた、このみごとな萩の盛りを眺めに、夜ごと出かけていたのかと思うと、私は可笑《おか》しくなった。なかなか風流な散歩じゃないか、と思いながら、乙鶴《おとづる》に近づいた。さわ、と花が揺れた。

私はその場に凍りついた。萩の花穂とばかり思っていたのは、一対の手であった。手首の繊弱《ひわや》かな、銀のような手が、乙鶴《おとづる》の耳や喉をしきりに愛撫していた。しだいに細らむ指は、優しく、蒼白く、先端は朧《おぼ》ろな光にほんのりと霞《かす》んで見えた。

私がうつけたように見守っていると、手は一旦花群《はなむら》の奥に消え、すぐにまた現われた。上向けた掌《てのひら》に何か載っているようだ。私は息を殺してにじり寄ってみた。輪郭のはっきりしない、淡々《あわあわ》した半透明の冷たそうなかたまり——乙鶴《おとづる》が鼻でつつくと、ふるふる揺れて掌から飛び出した。石垣に柔らかくはずんでころがって来たのを、犬は空中でぱくり、ぱくりとつかまえた。萩の向こうから、かわいらしいくすくす笑いが洩れた。

乙鶴《おとづる》はもう一度背伸びしておかわりをねだったが、耳のうしろを軽くなでてもらっただけで、手は再び花陰に隠れてしまった。私は犬に劣らず切なく待ってみたけれど、それっきり出てこないようだった。低く口笛を吹くと、乙鶴《おとづる》はしおしおと尾を垂れて、私の足下にやって来た。私たちは黙って芒野原を渡り、月に濡れた夜道をたどって家に帰った。

兄は私の話を一言も信じなかった。

「そんな萩屋敷があったら、人が噂するはずだよ。このへんには名物がなんにもないんだから」

「原っぱをどんどん行ったはずれにあるんだ。みんな、きっと、知らないだけさ」

「僕も一度行ってみたいな。道を覚えてる?」

「道なんかない。でも、方角はだいたいわかるよ。あの丘を目印に、東へまっすぐ進めば……」

ところが、行けども行けども、私たちは決して丘に近づけなかった。だんだん丈の高くなる芒の中をさんざん歩き回った挙句、やっと開けた場所に出たと思ったら、なんと元来た道に戻っているのである。堂々巡りに疲れた兄は、とうとう怒りだした。私が嘘の話をしたのか、あるいは萩屋敷の所在を秘密にしておきたいために、兄をでたらめに引き回したのだろうと言う。釈明の必要にせまられ、私は乙鶴《おとづる》を連れてこようとしたが、犬は門辺《かどべ》に踏ん張って、どうしても動こうとしない。

「夕方まで待たなくちゃ。乙鶴《おとづる》のやつ、言うことをきかないよ」

綱引きにくたびれてこう言うと、兄はフンと嗤《わら》ったきり、返事をしなかった。夕飯が気まずくすんで、兄は勉強机の上で模型飛行機を組み立て始めた。私はじりじりしながら日没を待った。二階の窓から見渡せるのは山ばかりである。切り通しの峠道は、黄金《きん》をまぶしたようにしばらく明るかったが、私が乙鶴《おとづる》の首輪に糸を巻きに階下《した》へ下りてゆくと、庭の色はもう紫に暮れなずんでいた。私は黒玉のような無患子《むくろじ》の実を拾い、自分たちの部屋の窓めがけて投げつけた。兄がすぐに顔を出した。

「早く下りといでよ。乙鶴《おとづる》はもうしたくができたから」

「今、だいじなとこなんだ。行けないよ」

と、兄は渋った。

「萩の花なんか、僕は見なくってもいい。珍しくもないのに」

「だって……花の中から手が出てくるんだよ」

「それがどうしたんだ?」

ばたんと窓が閉まった。嘘っぱちだと思っているんだな、と私はくやしかった。もう一粒、堅い実を投げてみたが、窓は開かなかった。それならいい。私と乙鶴《おとづる》だけで出かけるまでだ。

乙鶴《おとづる》は、打って変わって軽やかな歩調で、先に立って進んだ。昼間はどうしても近寄ることのできなかった丘が、見る見る間近に迫り、月の出の頃、私たちはゆうべ見た萩の家を再び訪れていた。

今夜も垣の目から花がしたたり、たおやかな手が差し招いていた。犬らしい甘ったれ声を洩らしながら、乙鶴《おとづる》が冷たい鼻を持ってゆくと、まず指先で愛しげに毛並みをすいて、手は奥へ引っ込んだ。私は忍び足で乙鶴《おとづる》のかたわらへ行った。ほどなく雪白の繁みが揺らぎ、透き通る食べ物を載せた透き通る掌が、こちらへ差し出された。私はこの時とばかり、露のまろぶ蒼い手首をしかと捉《とら》えた。あっと叫ぶ声がして、萩の穂が一時にさやめき、私はしとどに濡れそぼちながら、それでも両手をいよいよ強く握りしめた。

「いや……いや……痛い、離して……」

澄みきったか細い声が籬《まがき》を洩れてきた。人間というよりも、草雲雀《くさひばり》か鈴虫がしゃべっているみたいだ。子供だろうか？　それとも、女の人だろうか？　私のつかんでいる手首は、花の茎のようにみずみずしい。私はほんの少し、力をゆるめた。

「この犬に、もう餌をやらないって約束して下さい。僕のうちの犬なんです」

「約束します……だから、手を離して」

「そんなこと言って、逃げてしまうんでしょう？　逃げてもいいけど、ほんとうに、これっきりうちの犬にヘンなものを食べさせないで下さいね」

「ヘンなものじゃない――」

「ほんの二口分くらいあれをもらっただけで、おなかがふくれて、ほかのいい食べ物が入らなくなるらしいんですよ」

意外にも、かすかな笑い声が響いた。金銀の鈴を小刻みに振るように。

「もう、やりません」

「ほんとうですか？」

「ええ――お願い、手を離して下さい。そしたら、お別れを言いにそこへ行きますから」

そんな言葉を信じたわけではなかったが、私は指をほどいて、銀の双手《もろて》が花の中に消えるのを見送った。これで見納めだろうと思っていると、草を踏むひそやかな足音がして、石垣づたいに、ほっそりしたまっすぐな影がこちらへ歩いてくるのが見えた。乙鶴《おとづる》は兎《うさぎ》のようにぴょんぴょん跳《と》んで迎えに行った。月明かりの中へ踏み出したのは、小さな子供でも少女でもなかった。私より二つ三つ年下かと思われる少年が、蒼い光の汀《みぎわ》にふわりと跪《ひざまず》き、白犬の首を優しく抱えた。

「もう、ここに来ちゃいけないよ……ね、わかった？　いけないんだよ」

乙鶴《おとづる》にはちっともわかっていなかった。今夜はおかわりにありつけるものと独《ひと》り決めして、はしゃいでいるだけだ。その証拠に、少年の掌に濡れた鼻面を押しつけ、フンフン嗅いだり意地きたなく指をなめたりしている。私は飼い主として非常に恥ずかしかった。

「みっともないぞ、乙鶴《おとづる》」

少年は、はっと顔を上げた。片手で犬を抱き寄せ、もう一方の手を頼りなく宙に差し伸べた。私はびっくりした。少年の真向かいにかがんで、大きく瞠《みひら》いた双眸《ひとみ》をのぞいた。今は夜なので、硝子《ガラス》窓が暗むように、深い闇にとざされているけれど、昼間は秋の水に似て果てしなく透き通り、眼底《まなそこ》には碧緑《みどり》の石が冷たく沈んでいるのではないかという気がした。

蒼白い蕾《つぼみ》のような手を、驚かさないように、軽く握ってみた。少年は瞬《また》きもしなかった。私の手に指をからめ、ゆっくりと引き寄せて、冷ややかな頬を重ねた。

「だれ――？」

私はひそめた息の下から自分の名を告げた。

「そしてこれは、僕の犬の乙鶴《おとづる》。君は？」

「ツキシロ」

「それが名前？」

少年は静かにうなずいた。すべらかに絹めく髪が、さらりと触れた。では、ヨナガは誰だろう、と私は思った。


私はもう一晩、乙鶴《おとづる》を遊びに行かせることにした。夜中に吠えないようにするには、スダマを全部出してしまわなければいけない、とツキシロが言ったからだ。スダマとは、乙鶴《おとづる》がもらっていた食べ物のことである。これがひとかけらでも体内に残っていると、もっと欲しくなるのだそうだ。

「どうやって取り出すの？」

「野蜜《のみつ》でおびき出す。スダマは蜜が好きだから」

「じゃ、スダマって、生き物？」

「さあ――？」

「どこで穫《と》ってくるの？」

「川向こうにたくさんいる。時々、こっちの岸にも来るよ。指に蜜を塗ってね、寄ってきたのからつかまえるの。あした、見せてあげる」

私は好奇心でいっぱいになって萩屋敷に赴いた。自分でもスダマ狩りをやってみたくて、蜂蜜を一壺持参した。ツキシロは蓋をあけて匂いを嗅ぎ、人差し指をちょっと浸したなり、これはだめ、と首を振った。

「どうして？　上等の蜜だよ。オレンジの花とアカシアと――」

「お店で買ったのはだめなの。でも、いいよ。僕、夏に野蜜を集めておいたから」

ツキシロは、蒼光《あおびか》りのする磨き石の皿を差し出した。その上に、雲母《きらら》のように輝くものが固まっていた。さわるとざらりとして、指先にチカチカした粗い粒子がねばりつく。なめてみると、牧草《まきくさ》の強い甘い香りがした。

私は乙鶴《おとづる》の首輪を押さえた。ツキシロは、野蜜にまみれた指を、犬の頭部に近づけた。とがった耳の先が、くすぐったそうにぴくぴく動いたかと思うと、透明なアブクが一個、ほっと吐き出された。ツキシロは素早くつかまえて、薄絹のハンカチでこしらえた袋に入れた。実におもしろい見物だった。小人の三角帽子からシャボン玉が出るように、乙鶴《おとづる》は次から次へと耳からアブクを吐いた。袋はじきにいっぱいになり、丸くふくらんだ薄い布の周囲に、淡紅色《ばらいろ》の虹の暈《かさ》がかかった。

私たちは川縁《かわべり》でスダマを放してやった。ハンカチを広げたとたん、いそいそと向こう岸へ帰ってゆくのもあれば、中途で迷ったのか、ふらふらと引き返してくるのもあった。ツキシロは笑って、蜜の香りがしている間は戻ってくるから、と言った。

「残りはみんな、なめてしまおう。そしたら、もう来ない」

　蒼い皿の蜜をすっかり平らげて、私たちは草叢《くさむら》に寝ころんだ。乙鶴《おとづる》は大変おとなしくなっていた。私とツキシロの頭が並んでいるあたりに腹這い、前足に顎を載せて低くいびきまでかいている。枕にちょうどよかった。私は犬の温かい横腹にいい気持ちでもたれ

た。

「これで、夜、吠えなくなる？」

ツキシロは、見えない眼を私に向けて、こっくりした。

「あれって、どんな味がしたのかなあ？　しまった！　逃がす前に一口かじってみればよかった」

「味は少しずつ違う。初雪みたいなのや、山葡萄《やまぶどう》の露みたいなのや――」

「成分は何だろう？」

「……知らない」

「乙鶴《おとづる》に禁断症状が出たっていうことは、習慣性になる毒素が含まれているんだね」

「知らない。でも、スダマを食べてると、だんだん白くなって、それから黒くなって、そのうち……〈やすら〉になるの」

「〈やすら〉って、何？」

「スダマを食べたらなるもののこと」

「それになったら、どうするんだい？」

「スダマを造る」

〈鶏と卵〉か、と私はこっそり嘆息した。堂々巡りはもうこりごりだ。帰り遅れたスダマが一つ、私たちの頭上をふわふわと泳いで行った。どこかにまだ蜜の匂いを嗅ぎつけて、居残っているのだろうか？　私は草の上に淋しく投げ出されたツキシロの手を取った。そして、甘く匂う指を一つ一つ、そっとくわえてみた。

夜ならば、私は乙鶴《おとづる》を連れなくても、ひとりでツキシロに会いに行けるようになった。迷いそうになると、決まって例の声が、正しい方角を教えてくれた。ある晩、私はヨナガを見た。いつもより早く萩屋敷に着いたので、川のほとりをぶらついていると、一艘の小舟が流れを渡ってきた。長い外套《マント》を着て頭巾を目深《まぶか》に下ろした背の高い影が、棹を操っていた。ツキシロが舳先《へさき》にすわり、横笛を口にあてている。さっきから、歌鶫《うたつぐみ》の小夜《さよ》啼《な》きだと思って聞いていたのは、この笛の調べだった。

少年はもの慣れた動作で身軽に岸に移り、手探りに舟を舫《もや》った。丘の上が白んで今にも月が昇ろうとしていた。渡し守は衣摺《きぬず》れの音もさせずに降り立ち、黒い天鵞絨《ビロード》を広げてツキシロを抱擁した。豊かな裾がひるがえり、濃紫《こむらさき》に星を縫い取りした繻子《しゅす》の裏が表われ、霜《しも》の香が漂った。

私はツキシロに、君は毎晩ヨナガとキスをするのかと尋ねてみた。

「そうだよ」

「キスしたあと、ヨナガはどこへ行くの?」

少年は不思議そうに首をかしげた。そんなことは一度も考えたためしがないようだった。

「僕がきょう見ているると、丘の方へ行った。君の家の石垣をぐるっと回って、萩の一番繁っているあたりから、細い道を上って行ったよ」

「これ、僕の家じゃない」

と、ツキシロはほのかに微笑《わら》った。

「ここは、僕がヨナガを待つところ……また戻ってくるまで」

戻って来たら舟を解いて、いっしょに向こう岸へ渡るのか。私はなんとなく淋しくなった。接吻など、まだ誰ともしたことがなかったから。

「きょうは、犬、来ないんだね」

ツキシロはそう言って、刈萱《かるかや》の穂先を指でしごいて露を散らした。並んですわった私の膝にも、きららかな水玻璃細工《みずはりざいく》の玉がころがった。

「乙鶴《おとづる》、そんなに気に入ったのかい?」

「初めはとってもこわかった。知らないものが野原をいきなりやって来るんだもの。隠れてじっとしてたけど——ちょっとだけさわってみたくなって、垣の向こうから手を出したの。でも、咬みつかなかったよ」

「乙鶴《おとづる》は人を咬んだことないんだ。一度だって」

「うん。僕の手の匂いを嗅いで、なめただけ。スダマよりあったかくって、いい」

ツキシロの手はいつもひんやりしていた。顔や首などの皮膚も、新絹《しんぎぬ》のようにさらりとして、熱がなかった。月光に玲瓏《れいろう》とぬぐわれた面《おもて》に、形の美しい暗い鏡が双《ふた》つ嵌《は》まっている。そこには、望遠鏡を逆しまにのぞいたように、遠く小さく、私の姿が映し出される。一度のぞき込むと、私はいつまでも眺めていたくなった。少年が膝頭に頬杖をつき、銀の萼《うてな》のような両手に頤《おとがい》を支えて目《ま》じろぎもしない時、私は私で杳《よう》として波立たぬ瞳の奥に、侏儒《しゅじゅ》めいた自分の影を幽閉する戯れにふけって厭《あ》きることがない。その夜はツキシロが唐突に顔を上げたので、互いの鼻がぶつかり、擦れ合った。

「何しているの?」

「ちょっと遊んでたのさ。痛かったら、ごめん」

「痛くないよ。何をして遊んでいたの?」

私は何と返事をしたものか、困った。ツキシロは私の答えを待たずに、鬼灯《ほおずき》を摘んできて、と言った。

「探したら、そのへんにあるから。僕も遊びたくなった」

星明かりを頼りに鬼灯を見つけるのは困難だと思った。とにかく、探すふりだけはしよう。流れに沿って少し歩くと、もつれた葛《くず》の葉の繁みから声が聞こえた。

「鬼灯、ここに生《な》っています。青いのはもうありません」

水辺の草藪《くさやぶ》が一カ所、ランプをつけたようにぽっと明るんだ。のぞいてみると、小さな朱の玉が点々と灯《とも》り、その光が薄い殻を茜《あかね》に透いて洩れてくるのだった。私は十ばかり集めてツキシロに持って帰った。かさこそと殻をむき、つぶらに熟れた実を掌にころがしてやった。

鬼灯で遊ぶと言えば、種を吸い出したあとの薄皮を吹いて、ぴいっと鳴らすことと決まっている。二、三年前までは、庭の鬼灯を摘んで、兄と私もよく吹き鳴らしたものだ。やり方がへただと、皮が裂けて笛にはならない。ツキシロは、いつまでたっても実を口に入れる様子がなかった。

「まだたくさんあるんだ。一つや二つ、失敗してもだいじょうぶだよ」

私は鬼灯を取ってツキシロに含ませた。すると飴玉みたいにしばらくしゃぶっていたが、やがてまた手の上に、ぽろっと吐き出した。そんなふうにして出てきた実は、暗い中で、ぴかぴか螢光り《ほたるびか》を始めるようだった。爪の先ではじくと、玻璃《ビードロ》玉くらい硬い。ツキシロは、気をつけてと言いながら、蒼らむ指でつまみ上げ、今度は私の口にそれを含ませた。

「僕に返して……そうっと」

長い睫毛を伏せた浄《きよ》らかな顔が、傾く月のようにふうわり迫ってきた。私はおっかなびっくり、光り玉を——言われたとおり、そっと——返却した。初めて触れる薄柔らかな唇の感触と、舌の先でころがす透き通ったなめらかな硬さとは、奇妙にうっとりする対照をなしていた。私は夢心地でそれを味わった。光り玉は、ひどく毀《こわ》れやすいもののように、だいじにやり取りされた。ツキシロは、何度目かの自分の番がきた時、玉をふっと口から出して、背後の草叢《くさむら》へ軽く抛《ほう》った。虫たちに混じって清《さや》かにすだくことだろう——接吻を続けながら、そんなことを考えた。

あれから私は何遍も家に帰ろうとしたけれど、出かけるたびに迷子になって戻ってきた。道案内をしてくれると思った声は、どこからも聞こえなかった。ある時は大風が私を空中に持ち上げて、芒野原を一飛びに越えさせてくれたこともあったが、ずいぶん飛行したのに、私の家らしいものはどこにも見えてこなかった。あそこではないかと見当をつけた場所には、梢の凋《すが》れた無患子《むくろじ》の枝がからから鳴っていたり、崩《く》えた石壁に埋もれるように、紫深い秋苑《しゅうえん》がひっそりと薫っていたりするだけだった。野分《のわき》がいくつか過ぎたあと、私は帰ることをすっかり断念した。

ツキシロはしばらく私と暮らして、舫綱《もやいづな》の扱いや横笛の奏し方を教え、白茅《ちがや》の紅が時雨《しぐれ》に打たれてほのかに褪《さ》めてゆく頃、〈やすら〉になった。今では私がヨナガにキスをしてもらう。天鵞絨《ビロード》の中に深々と抱きしめられて、私の眼は二つとも、とうに見えなくなっていた。

外界《おもて》の様子は、今まで持たなかった新奇な感覚を通して、うっすらと優しく心に滲《にじ》んでくる。朝夕野に置く露がますます繁くなり、露の間《あわい》に霜が結ぶようになったことも、時折森の果ての暗い大地に、透き通った蒼い瞼《まぶた》を閉じて小鳥が凍死《こごえ》ていることも、私は知っている。ヨナガの帰りを待つ退屈な時間、末枯《うらが》れの萩を渡る風のまにまに、哀しい犬の声がふと流れてきたと思う夜もある。

（一九九一年九月九日、吉野ノ葛餅ニ寄セテ書キ下ロス）

著者
古谷清刀（ふるたに　さやと）
国際基督教大学教養学部人文科学科卒。
翻訳家。

著書
『君よ知るや五月の森』（2004年、溪水社）

挿絵
鼓　桃子（つつみ　ももこ）
1954年北海道生。岩手大学教育学部特設美術科卒業。しばらく絵筆から遠ざかっていたが、古谷清刀氏とのコラボレーションにより画業復活。現在は児童相手の図工講師を務めるかたわら、岩手の民俗芸能とくらし探究にも精を出す。バルテュスとクレー、ルネサンス初期の絵画とアール・ブリュット、酒井抱一とインドの細密画およびトマトを愛する。

スカートをはいた猫——古谷清刀 短編集——

平成20年4月26日　発行
著　者　古谷清刀
発行所　株式会社　溪水社
広島市中区小町1－4（〒730-0041）
電話（082）246－7909
FAX（082）246－7876
E-mail：info@keisui.co.jp

ISBN978-4-86327-002-2 C0093